爱，不能被忘记

党国俊 著

陕西新华出版
太白文艺出版社·西安

图书在版编目（CIP）数据

爱，不能被忘记 / 党国俊著 . -- 西安 : 太白文艺出版社，2023.9
ISBN 978-7-5513-2457-1

Ⅰ . ①爱… Ⅱ . ①党… Ⅲ . ①散文集－中国－当代 Ⅳ . ① I267

中国国家版本馆CIP数据核字（2023）第169339号

爱，不能被忘记
AI, BUNENG BEI WANGJI

作　　者	党国俊
责任编辑	姜　楠
封面设计	西安雁展
版式设计	西安雁展印务有限公司
出版发行	太白文艺出版社
经　　销	新华书店
印　　刷	西安雁展印务有限公司
开　　本	787mm×1092mm　1/16
字　　数	190千字
印　　张	12.125
版　　次	2023年9月第1版
印　　次	2023年9月第1次
书　　号	ISBN 978-7-5513-2457-1
定　　价	59.80元

版权所有　翻印必究

如有印装质量问题，可寄出版社印制部调换
联系电话：029-81206800
出版社地址：西安市曲江新区登高路1388号（邮编：710061）
营销中心电话：029-87277748　029-87217872

自序

爱，是有生命力的

许久，想为自己十多年陆续写就的散文作品结集出版写序，却又不敢，怕触碰到那颗柔软的心，以及那些人生路上不可或缺的情感。但又怕错过太多，特别是那些精神世界中给我鼓励、给我寄托的人，我不想辜负。近日，我终于鼓起了勇气，把自己以前发表过和还未来得及发表的文章，整理了出来，结集成册，让那些尘封在岁月中的爱，变得更加清晰。

爱好文学，是从中学那会儿开始的；爱好写作，是上大学时候的事。而作家梦，小学时就有。大学那会儿，痴迷于诗歌，喜欢上了这种简单的跳跃式的文学艺术表达形式。于是，参加了学校的文学社团，在象牙塔里开始了最纯粹的诗歌写作。但那时的写作，更多地停留在自赏自悦的层面，现在看来，确显幼稚。

大学毕业后，手中的笔没有停歇，从校园的"小社会"，步入了生活中的"大社会"，曾妄想以一个作家的身份立身。但一路走来，因自己的浅薄愚钝，以及对文学理解得不够透彻，偶有思考和动笔，却与理想相差很远，甚至有段时间，我放下手中的笔，一遍又一遍地叩问着自己：你是否还有信心写下去？直到有一次，我的散文《爱就在执手之间》《母亲的心思》《背上的爱》三篇文章，一个月内分别刊登于《考试报》《善行天下》《写作导报》，继而又有其他文章陆续刊登于《读者》（原创版）、《意林》（原创版)等杂志报纸，才给了我莫大的鼓励，燃起了我创作的欲望——我又重新拿起笔，开始写下了人生路上那些难忘的故事。

  写作是一件极其艰难的事情，而且没有感情的文字是苍白的，更是没有生命力的。写作中，每一段文字的出现，都是一种情绪的宣泄，都是记录现实中的不同故事，以及生活中不同人物的性情。时常，我一个人待在房子里，在万籁俱寂的夜晚思考着，不知疲倦，笔尖在洁白的纸上飞速地舞着，只待梦想放飞。创作中，我的内心经常五味杂陈，情绪波动也大，会跟着笔下的文字，有时笑，有时哭。每每这时，我多次都想在这一丝"痛苦"后放弃写作，可过后还是觉得，作文如恋人，爱"她"就要坚持，就要花时间去经营，就要忍受这样的喜怒哀乐，因为作文本身，也最能直接宣泄情绪，表达心中的爱憎。

  作文的过程是孤独的。只有在这片荒芜的土地上埋下种子，去滋养灌溉，再用一颗拙朴素雅的灵魂去经营，安静如一地去守望，才会慢慢发芽，激荡出原始的爱的源泉。时间快得来不及想，毕业后的日子里，带着爱的发心、眼光和情绪，我将更多的精力、感触和思考，延伸到了写作的大环境，再逐渐地诉诸笔下。十五年间，发生了很多的事情，或喜或悲，或苦或甜，但细思究竟，都有爱的基因，不可或缺，也不能被遗忘。

  爱是人类永恒的主题，人类因爱而伟大，而精彩，而幸福。不管是在亲朋好友之间，还是陌生人之间，有爱就有温暖，有爱就有希望。母爱如江，不但恒久忍耐，而且慈恩养德。我在《两个母亲》中写道："两个母亲，我的生母，给了我生命，将我从黑暗带向了光明，让我看到了世界的五彩缤纷；我的另一个母亲，把她的女儿送到我的身边，给了我幸福，让我体会了爱情的宝贵。两个母亲，一样的情，一样的爱。"爱是包容，是相信，是盼望，是忍耐，是永不止息。《爱就在执手之间》一文中，有这么一句话："奶奶有个习惯，和她最亲的人说话的时候，将对方的手拉在身旁，她说这样亲切。"这个举止，是一种爱的寄托和能量的传递。血浓于水，兄弟手足之情、亲情里的爱，无可替代。在《继续陪你打球》

一文中，我这样说："在一起的日子，你不会觉得，那是因为在一起的时间长了，没有注意瞬间的感觉；分开了，一个人静静地凝望生活的时候，才发现在一起的时候的美好。走过了，有个兄弟相陪，很幸运。"人非草木，孰能无情？爱可以超越空间，超越界限。在《轻言柔语话姝亦》《过去和永远》两篇文章中，描写了一个共同的景象：通过文学，虽然和两位大姐都未曾谋面，但是她们对我，是亲情般的呵护，虽没有血缘上的任何关系，但这种感情，是人世间的真情，没有经过任何雕饰。生活的压力，快节奏的社会，父母关照孩子的时间也相对少了很多，《情感的缺失》一文，即为诠释。爱无处不在，无所不有，充满人间。《菜合子里的爱》一文中，我这样写道："寒风中，他们用娴熟的动作，包着一个个菜合子，放在了油锅中，一年四季，以这种简单的方式，永远着他俩恩爱的歌。"哪里有真爱存在，哪里就有奇迹，每一个沐浴在爱中的人都会创造奇迹。著名华人歌手周杰伦，在身患家族遗传病强直性脊柱炎，靠吃药控制病情的情况下，为了自己的梦想和回报妈妈的爱，依然勤奋努力向前，因为病魔无法磨灭他的梦想。人生苦短，十余年间，不分昼夜，我写作的主题，离不开爱，离不开对爱的礼赞。文学作为艺术的一种表现形式，更多的时候，应该有它的社会意义和功能属性，而爱，是一个宏观的概念，是一个大命题，必须认真去对待，一辈子悉心去经营。

爱是有温度的，写作过程中，我把这种温度融入文字中，在作文中不断寻找爱这个过程中接地气的本真。爱是个名词，更是个动词，没有行动的爱是苍白无力的；爱是精神境界的制高点，源于发心，行动于祝福和成全；爱是有生命力的，是人生路上不可或缺的。因为有爱，我们才能时刻沐浴在爱的阳光中，我们的生命才能绽放精彩，才能稳健前行。真爱是朴素淳厚的，是长在我们心里的藤蔓，是一盏永不昏暗的明灯。在漫漫人生路上，爱引导灵魂走向光明。真爱滋润心田，细碎通透，温暖如光，激荡着心灵深处温馨的言语。生命虽短，爱却绵长，灵魂不能没有爱而存在；生命如花，世间如果没有了爱，地球便成了坟墓。

爱是有生命力的，不能被遗忘。再回首，追忆往事，思绪满怀，感叹十几年的年华，弹指一挥间。轻写一笔淡墨，将各种各样的情绪以及心中的爱和故事做个小结，结集成册，也算是完成了人生路上的一桩心愿。人生苦短，带着爱的发心，简单地与爱对话，喜欢这样的安好，不但荡涤了心灵，还通透了灵魂。

善待手中杯，珍惜眼前人。最后，希望我这本拙作，在大家多批评的同时，能唤醒人世间爱的本真、善良和精神世界里灵魂的丰满，给读者们带去心灵上些许的慰藉，对于我来说，这便足矣。

2022年5月于西安城南墨宝斋

目录

亲情篇

两个母亲 / 003

爱就在执手之间 / 006

背上的爱 / 009

母亲的心思 / 012

没有家人陪伴的高考 / 015

写给十岁的儿子 / 018

嫁女 / 021

忆岳父 / 024

最后的问候 / 028

偏爱 / 032

继续追寻梦想的男孩 / 036

重阳日过西安钟楼 / 040

割舍不下的缕缕情思 / 042

骤雨初歇思新春 / 044

继续陪你打球 / 046

空旷沟边的新坟 / 050

父亲是我心中永远的痛 / 053

檀香缭绕祭亡魂 / 056

再寄吾弟家书一封 / 058

开启孩提智慧的掌舵人 / 061

爱，不等待 / 064

情感的缺失 / 067

痒不起来的七年 / 070

友情篇

寒风凝雪望飞鸿 / 077
轻言柔语话"姝亦" / 081
过去和永远 / 084
"家"的味道 / 087
春暖花开时遇见你 / 089

遇见你，遇见文 / 092
这座城，冬有安暖 / 094
温暖，应当是个动词 / 096
菜合子里的爱 / 099

感悟篇

孤独的滋味 / 103
渴望读书，不枉年华 / 105
我是农民的儿子 / 107
《雀之巢》，一个温暖的"窝" / 109
纹枰对弈，乐而忘忧 / 112
春节寄语 / 116
我被隔离的日子 / 118
一个人的平安夜 / 120
悲情平安夜 / 122
"地铁"情缘 / 124
声音的翅膀 / 127

花开即落幕 / 129
我们一起走过 / 131
驴友过河绕甘峪 / 133
过狗年，道乡俗 / 135
掐在手中的人生 / 137
因为喜欢，所以不辍 / 139
这条路，从白天走到黑夜 / 141
女人，是三月里的一抹安暖 / 143
真朋友的默契 / 145
快乐白开水 / 148
幸福没有原始股 / 150

励志篇

"拼命三郎"汪涵：爱拼才会赢 / 155
伫立在尘世中的不变的角色 / 158
从人生中历练出的戏骨 / 161
从包子铺里开始成长的顽石 / 164
可以与父母一起欣赏的明星 / 167

漫步时光的许巍，歌声未歇赤诚未变 / 170
病魔无法磨灭他的梦想 / 173
超女苏珊，有梦想就有希望 / 176
每一次的选择，他都义无反顾 / 179

后记　文学梦，也是创业梦 / 182

亲 情 篇

爱是包容

是相信

是盼望

是忍耐

是永不止息地付出

是一种寄托和能量的传递

亲情里的爱

无可替代

亲/情/篇

两个母亲

门外，塞北的冰雪，三指多厚，光滑无比。阵阵寒风撕扯着门上贴的小广告，嘶嘶作响。门里，孤单的身影，思绪万千，夜不能寐。刺骨冷气，刺激着我的头脑，使我越发追思，越发怀念。

坐在唯一的电暖气旁，拿起笔，对着微弱的灯光发呆，和着电暖气散发出的暖热，两个坚强而慈祥的面孔，像放电影似的，出现在我的眼前。于是，凝结了许久的情绪，如溪水般，清莹而缓慢地流淌而出。

四季，更替变化，春夏秋冬轮回，自然多彩；人，夜伏昼出，表情于喜怒哀乐，世象丰富；人生，匆忙过客，流逝于天时分秒，起落如戏。人生苦短，长路漫漫，感谢上苍，在这样的境地里，赐予我生活中两个最重要的女性，两个在我人生路上给予我爱和关怀，但又不是过客的女人，她们，就是我的两个母亲。

两个母亲，我的生母，给了我生命，将我从黑暗带向了光明，让我看到了世界的五彩缤纷；我的另一个母亲，把她的女儿送到我的身边，给了我幸福，让我体会了爱情的宝贵。两个母亲，一样的情，一样的爱。给我生命的母亲，含辛茹苦，砸锅卖铁，燕子衔泥，将我从襁褓哺育成人，陪我走过了一个无法复制，充满无限快乐和逐渐成长的阶段，奠定了我走向成熟的基础；给我幸福的母亲，大爱无疆，宽厚无私，仁义至上，送给我一生的伴侣，一个独一无二的、携手到老、相濡以沫的至爱，有了这个爱恋，铸就了我一辈子生活的完满。

两个母亲，都是我人生中不可或缺的亲人，都是我生活中不可割舍的牵挂，都是我成长中不可或缺的老师。是你们，让我明白了生活的不易，让我懂得了路途的艰辛，让我延承了大爱的血脉。母亲们啊，你们无私地奉献着仁爱，教会了我行走于世间的道理，却耗尽了属于你们的青春年华；额头上的皱纹，眼角的鱼尾纹，每一条纹路中，都印刻着你们艰苦岁月的印痕。母亲们啊，你们毫无保留地释放着力量，帮助了我体格和人格的强大，却累坏了你们的身体，耽误了你们的理想；平静的笑脸，安然的眸子，每一个表情里，都透露着你们处变不惊的淡定。母亲们啊，你们宽容地教导着子女，历练了我卧薪尝胆、坚定执着的态度，却费尽了属于你们的能量；谆谆的言语，细腻的动作，都表现着你们对生活的热爱。母亲们啊，你们一直奉献着人世间最仁慈、最无私的爱，却自己蜡炬成灰泪始干。孩子想对你们说，你们该享享福了！

两个母亲，你们的爱已经沉淀在我的骨骼中，流淌在我的血液里。你们的"唠叨"和叮嘱，是爱的叠加和积累，是爱的充值和接力。你们的无微不至、真诚无私、默默无闻，就像一座灯塔，在人生的大海中，为我指引着前进的方向；就像一米阳光，在寒冷的冬天里，让我感受着春天的温暖；就像一泓清泉，在我心灵蒙受灰尘时，让我豁然开朗。但你们却在悄悄地老去，黑发变白，面庞苍老，让我心疼不已。

"慈母手中线，游子身上衣。"两个母亲，你们是我温暖的身上衣，在外漂泊时，总能听得见你们紧紧缠绕的关爱："孩子，吃好点，保护好身体。"你们是我祥和的太阳，在我无助和伤感时，总能奉献着光芒："孩子，想开些，没什么大不了的。"你们是我辽阔的海洋，在我如履薄冰而心灰意冷时，总能袒露宽广的胸怀："孩子，你还年轻，要争气勃发。"你们用这种平淡安详的方式表达对我的爱，点点滴滴，在我的心中都是感天动地。

两个母亲都深明大义、柔中有刚。当我熬夜备考时，你们是暖暖的热茶；当我卧病在床时，你们是布满血丝的双眼；当我沾染恶习时，你们苦口婆心地劝勉。你们就是一幅山水画，洗去铅华雕饰，留下清新自然。母亲们啊，你们永远不知疲倦地关爱孩儿，责备是低音，呵护是高音，牵挂思念是你们的主旋律。

"谁言寸草心，报得三春晖。"我的两个母亲，若有来世，你们依然还是孩儿的母亲，我还会说我有两个母亲，不管天崩地裂，海枯石烂。因为母亲是一个伟大的名字，"母亲"这两个字已经深刻在我的心里，你们的爱已经融入我的心田。母亲们啊，你们已近古稀之年，就让孩儿送上深深的祝福：唯愿你们，身体安康，长命百岁，天天开心。

文章刊登于《延河》（下半月刊）2015年1月

爱，不能被忘记

爱就在执手之间

天冷了，很长时间没有回家。迫切的心，在胸膛里团团转。借周末，打理好行李，踏上回家的征程。

车窗外的风，时不时地透过窗口的窄缝，钻了进来，吹打在我的心坎上，有点痛，有点凉。

将近半年没有回家了，抻长脖颈，总嫌车跑得慢。

家中和以前一样，依然冷清，没有太大的变化，只是今年夏季，雷阵雨淹没了窑洞，奶奶和妈妈两个人，不约而同地苍老了许多。可以看出，面对现实，她们很无奈。

走进家门，一片被淹过的狼藉映入眼帘，水退后在墙上留下的印痕，清晰可见，其中，还夹杂着水退后那股难闻的异味，实在让人心酸、心痛。这里可是我童年的乐园啊！幸好家人都安然无恙，老天爷保佑。

老远地，奶奶迎了过来，嘘寒问暖，双手紧握住了我的手，那双手坚硬中带着温暖。这是我的奶奶吗？怎么，才半年的时间……真的，一切都是真的，奶奶满是皱纹的脸庞，写着时间。

凝望着奶奶的脸颊，我有些木然。这张饱经风霜的脸，为何看不出一丝的厌倦。不由得我的鼻子一酸，泪珠在眼眶中打转。看着奶奶颤巍巍地颠着小脚，很是卖力地移动着，我忙迎了上去。

奶奶让我进了里屋，揭开锅盖，哇，已经准备好了热腾腾的面条。"听说你要回来，奶奶给你准备了你最喜欢吃的臊子面！"她乐呵呵地对我说。我的心里不禁一热，一口唾沫吃力地咽回了肚子里，但眼泪还是不争气地流了下来。"别，您都一把年纪了，就不要上锅灶了，有我妈呢。"我有点哽咽地说。

"别，孩子，你哭个啥，奶奶这不是好好的吗？咱们半年没见面了，应该高兴高兴，况且，奶奶心里高兴着呢！你看你和你弟弟多给咱家争光的。娃，好好干自己的事业，男人和女人是不一样的。奶奶总有老的一天，你看你每次回家买这么多好吃的，咱们村有哪个老人像我这样的，以前没见过、没吃过的你都买给我吃了，我死也瞑目了。男人流血不流泪，要坚强。"奶奶依然乐呵呵地对我说，拉着我的手始终没有松开。

奶奶给我盛了一碗面条，我一边吃着，一边望着她，心里很苦涩。奶奶在我吃饭的时候，也没有闲下来，和我拉着家常。她虽然不是我真正的"老师"，但是她是我学会生活、认识社会的启蒙者。奶奶给予我的，我这辈子用不完。

初中以前，我一直和奶奶生活在一起，深受她的影响，她教我的许多道理，使我终身受益。奶奶是大家闺秀，上过私塾，我的启蒙教育，就从她开始。

奶奶有个习惯，她和最亲的人说话时，要将对方的手拉到身旁，她说这样亲切。我觉得，这也是她对生活的一种态度和诠释吧。

奶奶是坚强的。在不到两年的时间里，接连失去了丈夫和儿子，这种痛苦，是常人难以承受的，但她挺了过来，而且还经常给我和弟弟长着精神。奶奶经常有一句话挂在嘴边："这就是命，命苦啊！幸好还有你弟兄俩！"望着奶奶一日不如一日已没有了光泽的脸，我知道她话中的蕴意和其中的道理，以及对失去亲人的无奈。

晚上没事，和奶奶坐在热炕头，说着外面的事情。不经意间，我再

爱，不能被忘记

细细地端详了一下她的脸庞，很慈祥，很温馨。她那布满皱纹的脸上，写满了自信和坚忍。我现在的性格像极了奶奶，奶奶，这是您给予我们的吗？一条条皱纹，犹如纵横交错的被雨水洗刷过的沟壑，又似她支离破碎的心。

"奶奶，我这次回家，请了短假，也待不了多长时间，有空我会经常回来看您的，您照顾好自己，保重，为我们。"我说。

"这些我知道，你忙你的，奶奶好着呢！你不要操心，家里都好着呢！你在外面好好干你的事情……"奶奶慈祥地笑着，慢慢地说。我知道，奶奶依旧一如既往地鼓励着我。

起身要走了，又要离开这个熟悉的乡村，心里面总是有几分不舍。奶奶送我到家门口，拉着我的手，再三嘱咐了一番后，我才边回头望着招手的奶奶，边迈开艰难的步伐向前走去，直至奶奶的身影消失在我的视线里……

文章刊登于《写作导报》（初中版）2007年12月

亲 / 情 / 篇

背上的爱

人都有老的时候，那时候，背也驼了，走路也慢了。生老病死，自然的轮回，谁也无法摆脱。凝望人生，一切都在现实生活中，随着年龄的增长，也在慢慢释然。

爷爷离开我，快三年时间了。不经意间，才发现时光逝去得太快，一瞬，已将一切甩在脑后，我还没来得及细想。

小的时候，由于爸妈太忙，我一直跟着爷爷奶奶生活。在二老的悉心照顾和疼爱下，我由一个毛头小孩成长为一个大小伙子。而在这个过程中，更多的是二老给我的无限乐趣。

记忆犹新的，是爷爷的背。那个宽厚的背，给我小时候增添了许多的快乐，也给我留下了难以磨灭的印象。如今的我，回想起来，久久不能释怀。

在我四五岁的时候，爷爷养了一头老黄牛，他每天都要给牛割草。爷爷每次要出门的时候，我偷偷地跟在后面，缠着他和我玩。爷爷无奈，总是说"小鬼头"，然后带我一起出门。

家里住在山区，割草又在半山沟，所以很不安全。爷爷每次去山沟的时候，都是将我架在他的肩膀上，就这样，在毫不懂事的我看来，有"马"骑了。之后，只要跟着爷爷割草，趴在他背上已经是一个习惯的动作。这样的动作，直到我上学为止，那时我六岁半。

割草的时候，爷爷将我放在一个稍微平坦的地方，他就在离我不远的地方割草，过上两三分钟，他总要朝我这边望望，害怕我有个闪失。为了割到好的草，爷爷很卖劲，他宽大的背随着身边旺盛的草，一晃一晃，矫健而有力。

那时候，对于我们那个贫穷的小山区来说，根本就没有什么机械化而言，一切劳作都是人力。爷爷为了养好那头老黄牛，很是用心，因为耕地、拉粪之类的重活，都是它的事情，所以爷爷很爱惜它。

繁重的劳作，使得爷爷的背驼得很快。老黄牛的背要负重，爷爷的背也一样。

在割草的间歇，爷爷总是闲不下来，在很危险的山沟边给我摘一种野果子，一边逗着我玩，一边用他那粗糙的手将野果塞进我的嘴里。就是在这个时候，我还是"不放过"爷爷，趴在他汗湿的背上，让他背着我玩。

就这样，我在爷爷的背上度过了愉快的童年。随着年龄的增长，我的身体变得强壮而有力，而爷爷就像饱经沧桑的树木逐渐地变老，没了当初的"蛮"劲。从爷爷的背上下来，那是他已经背不动我的时候，也是我看见爷爷眼角的皱纹纵横的时候，在我的意识中，爷爷真的老了，我也不能再"欺负"他了。

初中，高中，大学……我和爷爷的距离慢慢拉开，也慢慢脱离了爷爷的背。可是，在我生活的空间里，那个厚重的背的影子，怎能忘却？记得高中一次回家，看见爷爷白色的胡须，以及那弯弯的背，我不禁眼睛一湿，那刻，我多想爷爷还年轻……但是，时间不等人啊，谁都一样。

上大学后，自己一边上学，一边做点课外的事情，为家里减轻一些负担。每次回家，都给爷爷奶奶带些好吃的，算是我的一份孝心。但是爷爷每次都让我不要乱花钱。望着他那有点弯曲的腰背，我淡淡地一笑，说是应该的。

在我上大三的时候，爷爷就像走不动的"老黄牛"，病得很重。接到家人的电话后，我焦急万分地回到了家中，但那一次竟然是我和爷爷最后的告别。望着病榻上的爷爷，我的眼泪溢出了眼眶，肆意流淌……当爷爷那双粗糙的手握住我的手的时候，我看见了他半侧的腰背，不禁哽咽起来。

爷爷极其困难地望着我的脸说："孩子，我恐怕不行了。我死后你不要难过，也不要哭；爷爷也是享福了，没吃过的你都给爷爷买来吃了，人啊，还图个什么……"

我抽抽搭搭地对爷爷说："明年我就要毕业了，我答应带你去大城市看看的啊！你一定要等我啊！……"我一边说着，一边抚摸着爷爷那瘦得皮包骨的背。泪水不断地滴在那背上，我再一次哽咽了……

爷爷望着我，艰难地对我说："我……知足……了。没……事的，爷爷没……事的，你去……学校吧，不能耽……误了学习！"说完，爷爷脸上努力地露出艰涩的笑容。

我情不自禁地再次望了望爷爷的背，挪开灌了铅似的脚步，狠心地离开家去了学校。

爷爷是在我离开家，去学校一个月后去世的。

如今，爷爷的背影时常在我的脑海中闪现，那个质朴的影子，让我一辈子难以忘怀。

爷爷厚实的背，不仅给我童年留下了欢乐，更给我以后的人生留下了许多启迪。做人要厚实，如那黄土地一样。

时至今日，科技发达了，我不禁又想起了爷爷的背，作为男儿，不仅要有强有力的臂，而且要有挺直的腰背，踏实地生活，踏实地做人。

时光飞逝，眨眼间，爷爷离开我们已两年多了，但爷爷的背，永远给我力量，给我回忆，给我生活的动力，给我难以忘却的爱！

文章刊登于《考试报》2007年3月

爱，不能被忘记

母亲的心思

过年回家，匆忙而紧促，温馨而热闹。只是无奈假期太短，与亲人在一起的时间屈指可数。

回家的时候，已是农历腊月二十八，已是岁末，年的气氛格外浓烈。长途汽车站排队等车的人，整个儿一个"蛇"形，曲曲折折一直延伸到了路边。

在硬挤软磨的状态下，我被后面的人硬是给"推"上了车。两三个钟头后，我眼前出现了那片熟悉的土地，和城里一样，年味十足，只是多了几分亲切和朴实。

终于回到了家中，奶奶满脸的慈祥，颠着小脚迎了过来。可以看出，她的状态还不错，只是原来红润的脸上，又增添了许多新的皱纹，纵横交错，那是岁月的印迹。

母亲和过去一样，见到我默不作声，给我送来的依然是那淡淡的一笑。她明显消瘦了许多，那双原本灵巧的手，红而黑，青而紫，干活时留下的伤口，大大小小地布满了双手。望着母亲的身影，我的眼睛湿润了，她，真的不容易。

慈父的突然离去，给原本幸福快乐的家庭留下了感情的"缺口"，也

亲/情/篇

让未经世事的我措手不及，随之担子也就压了过来。我和弟弟，更多的时候想的是父亲没有跟着我们兄弟享福，走得太早。幸好我们兄弟还有个照应，毕竟我们已经懂事了，我也大学毕业了，但这却给母亲留下了沉重的思想包袱和压力。

作为长辈，作为一位女性，她面对的是一个上有老、下有小的局面。弟弟要上大学，我的工作、婚事，年迈的奶奶以及家里里里外外的事情，山一般地压在了她的身上，她不得不面对。

家在农村，我和弟弟经常不在家，母亲和奶奶两个人相依为命，日出日落，艰难前行。繁重的劳动和琐碎的家务，常常使母亲直不起腰来。家里承包的地，还有将近十亩果园，母亲一个人，怎能吃得消？

有一段时间，母亲实在撑不住了，身体也垮了下来，我们兄弟俩看了心疼，但家中无强壮的劳力，地里的活怎么办？我无奈地看看弟弟，最后决定将果园承包给别人。可是低廉的承包费给我头上泼了冷水，加之那几年果园不怎么景气，在村子里打听，问了许多人，要么出低价，要么没人要。而母亲，更是左右为难：不承包出去吧，自己没力气干活；承包出去吧，果园像刚刚长大的孩子，不忍心就这样送给别人，更何况承包的价格低得要命。

在舅舅和母亲以及我们兄弟俩的商议下，最终没有将果园承包出去，而是由三舅帮助母亲料理。

在农村，错综复杂的事情多，邻里妯娌是非也就多，理在很多的时候，是很难说得清楚的，自家都有自家的理。一个家庭，无论从劳力上考虑，还是从农村这种现实的角度出发，没有一个男性在家，那是不行的。许多的时候，当母亲和村干部理论一些事情的时候，不是遭到冷眼，就是受到不公平的待遇。每遇到这种情况，母亲在更多的时候，是磨不开面儿忍气吞声，但也是很气愤的。

在这样的境况下，舅家村人出于好意，经过一系列的盘问，有人给母亲出了主意，意思是给母亲续弦，也就是给我们兄弟俩找个后爸，以帮助料理家里大大小小的事情。当这话说到母亲这儿时，她心里毫无准备，只是随意地顺口应付了几句。

　　过年的时候，母亲有点不好意思，间接地悄悄征求了我和弟弟的意见，结果被我和弟弟断然否决，只字不提。原因很简单，父亲去世三年未过，尸骨未寒，此事一出，不合农村礼俗，别人也会说闲话，虽然我兄弟俩是读书人，但对农村礼俗还是很看重的；再者，听母亲述说完那个男人的情况，我们也不是很满意，我们更多地考虑的是母亲晚年的幸福。

　　母亲听完我和弟弟的意见，陷入了沉思。看着母亲的神情，我明确了我作为长子的态度，那就是：应该尊重母亲的意见。但不管找哪个人，人品一定要好。我向母亲重申了我的观点。

　　良久，母亲望着我们兄弟俩，说她的心也七上八下的，不知如何是好。她说她暂时也不想谈及此事，待后再说。

　　母亲的心思，我明白。作为一个本分的农村妇女，她也不想被人指着脊梁骨说"丈夫尸骨未寒，妻子就迫不及待地改嫁"一类的风凉话。她更怕我们反对，觉得自己给我们脸上抹黑，毕竟我们家是一个半知识分子家庭。

　　母亲的心思，我懂。她是与父亲真情患难一起走过来的人，因为他们深深地懂得生活，他们一起用双手创造着生活，建设着家，其中的情意他们最懂。那是一种在平凡的日子里凝结的爱，铸就的人生。

文章刊登于《延河》（下半月刊）2015年1月

亲/情/篇

没有家人陪伴的高考

　　骑着单车，穿行在熙熙攘攘的人群中，总是有一种凝重，一种让人就要窒息的感觉迎面扑来。紧张的脉搏，超出了正常的频率，望着黑压压的队伍，心跳到了胸口，顿时思想更紧张了……

　　很多的公交车停了下来，给忙碌着的人让道，他们要干什么去，怎么脚步这么匆忙？我不时地将目光投向远处，想着这些带着家长满满的希望的孩子们，心里很不是滋味。

　　今天是高考的日子，也是莘莘学子寄托希望的日子，美好的梦想将从这里起航。远在咸阳的弟弟，也是这个队伍中的一员，他和其他的孩子一样，将从这里放飞梦想。不同的是，他单枪匹马，没有家长的陪同。没有人陪也好，他一个人可以安静地答卷。但是作为家长，有哪个会放心得下呢？陪同子女并肩作战，早在考前，家长们都有了这样的夙愿。

　　弟弟在考试的前两天给我打来了电话，和平时一样，平淡的语言，侃侃的笑语，没有半点紧张。腼腆的弟弟，在结束通话的时候，只说出了简单的三个字："哥，放心。"这样的一个男孩，作为一直生活在艰苦环境里的孩子，作为一个土生土长的农村孩子，面对人生的重大转折时刻，如此坦然，如此自信，使我这个做哥哥的心里甚感欣慰，但与此同时，更多的是一种难过。

我是从这样的场面里过来的人，深知其中的滋味。十年寒窗，在此一搏，万人过的独木桥，总有被挤下来的，多少辛酸，多少泪水，全在其中。慈父的突然离去，使我们原来平静的心蒙上了阴影，时时的隐痛难以抹去。以前有父亲在前面挡着，无忧无虑地生活惯了，总是以为没什么事情要我操心的。但是现在还不太谙世事的我，对这突如其来的一击，根本没有思想准备。可事已如此，作为长子是不能推卸责任的。我只能默默地去承担，接过父亲手中的接力棒……迎难而上！

长兄为父。但是对于弟弟，我做了多少？真是惭愧。整整年长他七岁的我，没有尽到兄长的义务。看望他的时间屈指可数，自己大部分时间都是被工作和温饱，以及大脑里一些太多太杂的东西充斥。我知道弟弟的负担也很重，背负着家人和已故父亲的期望，他的心能舒坦吗？反而有时，弟弟会以成熟得超出与他同龄孩子的眼光看问题，而且还不时地鼓励我，难道他的心情不沉重吗？毕竟只有十七岁的他，已经经历了比他年龄大两三倍的事情，这还不够吗？

我很少落泪，但是当亲情、友情夹杂在一起时，我便难以逃避泪水的充溢。曾几次看望弟弟，他都是一个人在教室里，即使节假日，我让他来西安散散心，他都拒绝了，说这个时间人少，再看看书。我为他幼小的心灵背负这样的负担而哭，我为他这样的刻苦努力懂事而泪。

今天，是高考的日子，望着车窗外参加考试的学子们，思绪万千，热泪不禁再次溢出眼眶。在这样的时刻，心里的感受，很难说得清楚……别的孩子，几乎都是在父母的陪伴下来到考场，而弟弟，就他一个人，默默地……虽然有一次短暂的电话，以及我不厌其烦的唠叨和关爱，但是我心里还是有点空。看着别的孩子脸上的笑容，是多么舒展，多么幸福，而在弟弟和我之间的是一段距离，一种因生活所迫不能企及的爱。

亲/情/篇

我还能说什么，只有把所有的思绪化作对弟弟的祝福，双手合十，但愿弟弟考出好的成绩，金榜题名。

2006年9月7日于陕西师范大学图书馆

爱，不能被忘记

写给十岁的儿子

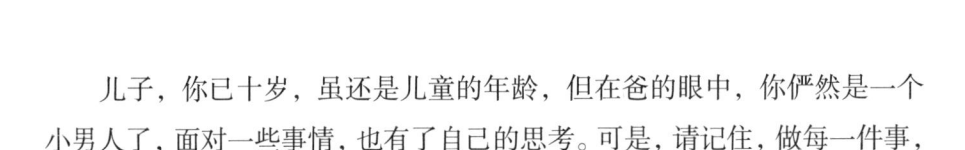

儿子，你已十岁，虽还是儿童的年龄，但在爸的眼中，你俨然是一个小男人了，面对一些事情，也有了自己的思考。可是，请记住，做每一件事，说每一句话的时候，要经过大脑的思考，谨言慎行。

世界很大，生活是个万花筒，你要学习的东西还有很多。爸像你这个年龄的时候，不是把所有的时间用来读书的，因为当时家里的条件不允许，我一边要帮你爷爷下地干活，一边还要照看你二爸，根本没有专门的学习时间。"学习"在当时是一件极其奢侈的事情，所有的学习时间，都是挤出来的。

鸣鸣，相比爸原来的学习环境，你现在的条件已好了很多，也有充裕的时间去读书，希望你除了休息玩耍外，把所有的时间和精力，都用在学习上。爸曾经对你说过：作为学生，你的使命就是读好书，以优秀的成绩完成学业，为自己以后的人生铺好第一块砖。学习是一个循序渐进的过程，不可能一蹴而就，只有扎实厚积，以后遇事才能很好地去发挥、面对和驾驭。

一个人，走到哪座山上应该唱哪座山上的歌。在读书的年龄，如果有大把的时间不去读书，而是想着怎样玩怎样享受，是一件很荒唐的事情，也是极其愚蠢的，因为这样不但浪费了时间，更是损耗着生命。十年寒窗

亲/情/篇

无人问，学习本身是一件很枯燥的事情，但也是有意思的事情，不能因枯燥而去偷懒，偷懒是一种不负责任的行为。学习不容易，要学会知难而进，不要怕困难，遇见问题要学会开动大脑去思考去解决，而不是害怕退缩当乌龟，更不能怨天尤人。

懒惰是一切成功的绊脚石，学习没有捷径可走，只有踏实认真才行，在勤奋的过程中熟能生巧。没有天生的笨蛋，只有天生的懒蛋。你觉得你聪明，其实试想，你的同学，还有网校里的学生，聪明的人比比皆是。大家一样的聪明，为什么有些人学习会进步很快，有些人进步很慢，原因很简单，就是在学习的过程中，付出的努力不一样。鸣鸣，你现在的学习环境很好，而且爸爸妈妈还在努力地为你创造更好的学习环境，如果在这种情况下，你学习都搞不好，我想你给咱家里不管谁都没办法交代，当然，努力和不努力，结果会很明显，我们大家都会看得到。

你这个年龄还是玩的年龄，爸也允许你玩，玩的时候就放开玩，这是一个自我放松的过程，但学习的时候也要好好学，不能三心二意，心猿意马。在认真的前提下，这两个过程，你都要学会去学习、去享受。一个人，小时候的良好习惯的养成，会伴随这个人一辈子，多读书和读好书，会使一个人变得更聪明、更智慧，就是这个道理。一个人，只有自己大脑里有了知识，才会行走世界，什么都不怕。学习没有捷径，只有汗洒书本才会进步，所以鸣鸣，请把你的聪明才智，爸也不要求用到百分之百，只要给学习用上百分之九十，就已足够。当然，你能百分之百地投入，那是最好不过的事情。

鸣鸣，我和你妈妈总有老去的那一天，这个社会很残酷，你现在不努力，不去思考问题，不去动手尝试，我们老了，你靠谁？一个人的努力和结果是成正比的。在学习中，你努力了，就会进步，就会取得好成绩。天上永远没有掉馅饼的事情，人也没有无缘无故的成功，这就是所谓的天道酬勤。多动手、多做家务是一件美妙的事情，因为在动手的过程中你会遇到这样那样不会的问题，每当这时，你就要思考着去解决，这样大脑会越来越聪明，越来越灵活。

爱，不能被忘记

　　鸣鸣，你慢慢大了，是学会自立的时候了。所谓自立，就是遇到困难要自己思考着来解决，而不是不会了心里就害怕，甚至放弃。这样不思考解决问题就轻易放弃的人，是最没出息的。爸相信你不是这样的人，因为这样的人是懦夫。你也别指望一遇到困难就问父母，父母总有不在身边的时候。当然，经过自己一番努力后还没解决的困难，可请别人帮忙。

　　孩子，你长大了，也有自尊了。说实话，许多时候，爸真的不想说你，更不想痛训你，凡事要靠自觉，不自觉、不自律的人是没有自尊可言的。自己的事情自己做，这是天经地义的。譬如作业，如果只是为了应付我、应付老师，那还不如去玩，这种应付的行为是自欺欺人，更是一种可耻的行为。做作业和做事情一样，要做就做好，不做就不做，别应付着浪费时间，浪费生命。

　　态度决定结果，做好自己很关键。加油，鸣鸣！为自己而努力，做最好的自己！爸相信你，也会一如既往地支持你。你会成功，你也一定行！

2021年11月24日于西安城南墨宝斋

嫁女

男大当婚，女大当嫁。自古以来，天经地义。嫁女之事，在日常生活中，司空见惯，再平常不过。人常言：女儿是父亲的小棉袄，前世的情人。其实嫁女，是一家人的离愁，两家人的喜事。

近日，身边一老哥嫁女，给我发帖让参加他女儿的出阁宴。我说这是好事，欣然应允。电话之余，和老哥打趣道：准备好手帕，别哭哈！老哥只是爽朗地笑了一下，但没接我的话。我从这"爽朗"的笑声中，感觉到了他内心的五味杂陈。

老哥将女儿的出阁宴放在了农村老家举办，当天宾客满朋，皆大欢喜，用圆满形容不为过。由于下午有事，午宴后我就离开了老哥的家。傍晚，老哥送走客人们，给我发语音信息，他长叹一声，告诉我对女儿的出阁宴很满意也很累，琐碎之事太多，都是他和他爱人在操持。说这些话的时候，老哥的语气是舒缓的，也是放松的，更是开心的。毕竟，出阁宴这茬事已经结束，他心里的一块石头终于安稳"落了地"。

世事不易，为人父母，心思缜密，爱女心切，我能想象得到老哥夫妻俩近一周为女儿出阁宴所做的一切。这在他们看来都是值得的，可怜天下父母心。父母对子女，没有半点的保留。他们的付出，他们的爱，都是无私的。

爱，不能被忘记

　　俗话说："父爱如山。"可一旦到了女儿要出嫁的时候，父亲的心情无疑最为复杂，有伤感，亦有期望，从古至今都一样。这让我想起了唐朝著名诗人韦应物笔下的《送杨氏女》。这首诗情真语挚，至性至诚，泪满诗行，朴实无华，慈父之爱，骨肉之情，跃然纸上，特别是"贫俭诚所尚，资从岂待周"两句，可作为嫁女的千秋典范。韦应物在诗中千般嘱咐，万般叮咛，告诫女儿要遵从礼仪、孝道，要勤俭持家等，父女情深，令人感动。

　　如我所想，第二天老哥女儿出嫁，在他送完女儿回家的路上，他在微信群里发了一条信息，并专门截图给我发来："今日我家女儿出嫁了，婚礼开始到我把话讲完，我很坚强，没掉一滴泪。临走的时候，亲家让我去女儿房间看看，我莫名地感到……下楼我无声流泪。虽然她以后住的地方和我最多只有十分钟的路程，但我知道我的小棉袄已经不属于我一人。"这是老哥将女儿送离身边后，内心的真实写照，父女情深，绵绵意切，这是伤感、喜悦、高兴……之后，各种感情错综交织在一起的真情感、真性情的流露。从将女儿送离他身边的那刻起，虽然他家和女儿家只有十分钟的路程，但再见时女儿已不再属于他一人。

　　其实现实生活中，老哥是一位极其乐观坚强的人，半辈子风风雨雨一路走来，经历了太多，见识了太多，但唯有骨肉之情，最为柔软，瞬间可以化了他的心。我知道，在嫁女这件事上，他本已做好了安慰自己的准备，但到了女儿出嫁的那一刻，他还是忍不住临别时的感伤。

　　人常说，男人是粗犷的，平日里大大咧咧，但男人若认真起来动了真情，也许是所有动物里最细腻的，没有之二。你会发现，他会在刹那间情感爆发，与之前判若两人，将细腻和柔软表现得淋漓尽致。是的，在骨肉情感里，男人的心思是理智的，感情是细腻的。男人一般多理性，会将一些情感隐藏和控制起来，不会轻易流露，但他们的心里是很清楚的，在触及他们心扉的环境里，就会情不自禁，眼眸湿润。

　　天下之大，谁无子女，谁无父母。谁言寸草心，报得三春晖。父母对子女的情，在平日的点点滴滴里，更在他们的心坎上。愿天下的子女们，有了小家，别忘记了大家和老家；有了爱人，别忘记了亲人和老人。我坚信，一个懂得感恩的人，必将会得到社会的认可和尊重。

文章的最后，让我们一起再来品味诗人韦应物这首千年来感人至深的嫁女诗：

> 永日方戚戚，出行复悠悠。
> 女子今有行，大江溯轻舟。
> 尔辈况无恃，抚念益慈柔。
> 幼为长所育，两别泣不休。
> 对此结中肠，义往难复留。
> 自小阙内训，事姑贻我忧。
> 赖兹托令门，仁恤庶无尤。
> 贫俭诚所尚，资从岂待周。
> 孝恭遵妇道，容止顺其猷。
> 别离在今晨，见尔当何秋。
> 居闲始自遣，临感忽难收。
> 归来视幼女，零泪缘缨流。

2021 年 12 月 1 日于西安城南墨宝斋

爱，不能被忘记

忆岳父

时光匆匆，光阴荏苒，岁月不等人。那些思绪，还没来得及整理，已到明天。

掐指算来，岳父离开我们有七年了。七年，恍惚一瞬，仿佛在昨天。而那些亲情里的爱，没溜走，镌刻在了我的脑际，一直在，难忘。

一年一度的清明节即将来临，每每此时，我都有些揪心地痛。树欲静而风不止，子欲孝而亲不待。人生最大的遗憾，莫过于过早地失去了至亲至爱。尽孝，成了空想。父爱如山，潜移默化，终生难忘。

前些年，我北漂在外，家里管得少也顾不上。岳父岳母为了来西安帮我带孩子，把自家的地承包给了别人，房子也租了出去。他们把所有心思都放在了照顾孩子上。也就是那近七年的时间，岳父岳母住在我家，我对岳父有了更进一步的了解。

现实生活中，岳父是一个内向心小、勤快细致、爱干净而性格又很倔强、喜欢安静但又爱凑热闹的男人。在我的记忆中，岳父的话很少，身体瘦削，常精气神不足。听岳母说，岳父年轻时身体就不好。

岳父在西安没什么朋友，他不喜欢出外遛弯。平日里，将孩子送到幼儿园后，他就没事情了。特别是周末，一家人都在，他更是没什么事情。

北漂的那段时间，每个月我都会回西安一两次，在家待几天，我怕岳父没事的时候会孤独，就常陪他说话，给他买报纸看，还配上了放大镜。去商场和古玩城转的时候，我也叫上他，让他多看看一些新鲜的东西，并鼓励他去广场上转，多交朋友，听自乐班唱戏。

总之，在西安的那段时间，我能看出来，岳父是开心的，也是自由的。有好几次，岳母叫岳父一起回老家，他也不愿意回去。也许，他已习惯了城里的生活和节奏。

在我的记忆中，每当和岳父说到影视剧，他都会兴高采烈、神采奕奕。给我印象最为深刻的是，岳父一说到影视剧中那些演员，主角的扮演者时，就很兴奋，滔滔不绝，妙语连珠。我惊讶岳父的记忆力之好，他将影视剧中主要演员和主要剧情，甚至一些细节，都能从头到尾头头是道地讲出来。岳父又是一个心地善良的人，遇事他从来都会息事宁人，大事化小，小事化了，不与人争吵，也不去争辩。这就是他的生活，不急不慢，简单不躁。

然而，苍天不佑岳父，在我北漂的时间里，他的身体还是出了状况。在医院里检查完，鉴于他身体的状况，全家人商量，并听取了医生的建议，最终选择了保守治疗。现在想来，幸亏当时没手术。他的身体，真的折腾不起。在药物的帮助下，岳父熬过了三年的时间。

2015年元旦过后不久，岳父因病再一次住进了医院。这次，他没那么幸运。长时间地吃药，对身体消耗太大了，免疫力很低，他实在扛不住了。从进了医院那刻起，他的身体每况愈下，一天不如一天。到后来身体各种器官衰竭，以至于在去世的前一天晚上，医生输液的时候硬是找不到地方扎针。无奈之下，医生在岳父脖子上的主动脉勉强找到了血管，扎上了针。

扎上针后，岳父在迷迷糊糊的状态下开口说话了，他把他小时候以来发生的事情，给我都讲了一遍，呼吸很微弱。说完了他的一辈子，我的后背有点发凉，一种不祥之感随之而来。常听老人说，人去世前都会给子女说点什么，这难道是岳父给我留的最后的话吗？果不其然，后半夜的时候，岳父的病情再次恶化，他疼痛难忍，自己拔掉了输液的针头……我急忙叫来医生，医生抢救了一会儿，再没有给岳父扎上针。而这时，岳父已经不会说话了，呼吸更微弱，用上了氧气。

我知道这一刻迟早会来，但来得太快了。第二天早晨6点左右，医院下达了"病危通知书"，在妻哥的同意下，我在通知书上代签了字。我给岳母一家人打了电话说明了情况，他们来到医院后，医生说岳父不行了，让赶快送回老家。那天，我有事没有一起回去。我知道，岳父真的不行了，这是我与他的最后一面。走出医院大门，我蹲在地上掩面大声哭了起来，任泪水顺着脸庞流下。当天傍晚，岳父安详地走了，在老家与世长辞。

在岳父住院的一周时间里，我一直陪在左右，一点也不累，也不后悔。人生，能有几个父亲呢？住院期间，岳父身体虚弱，每次去厕所我都要跟着，生怕他跌倒了，但他每次都不让我扶，都要自己走，即使脚步蹒跚、颤颤巍巍，这让我看到了他的自尊和坚强。当然，我也很庆幸，近七年的时间里，岳父一直陪伴我，给了我许多的鼓励。我们一起谈心，一起聊外面的世界，我尽力让他快乐着、开心着……直至最后，他把他自己一生的故事讲给我听，把最终想要说的话说给了我。我想，我是幸运的，这是岳父留给我的爱。

清明节即将来临，除了哀思，还是哀思。七年时间，睹物思人，斯人在记忆的长河里，已经尘封；在时间的光阴里，已经逝去。凝望前路，短之又长，岳父的笑脸，如昨日一瞬，早已从指间溜走，无影无踪。

快乐，总是短暂，完美不了我们的视线。岳父，您可曾记否，我们的欢笑，犹如在今天。壬寅暮春，我凝重地向西望去，您的坟头，已杂草丛生。而我紧握着毛笔，在宣纸上无思绪地画着，泪眼婆娑，不禁潸然。您可知道，七年的岁月中，您略显弯曲的背影，留给我的倾注了父亲的爱的故事，不曾忘却。

七年，真快，快到我来不及回忆。哀思、冷清、惆怅……各种情绪，在仲春的长安，快速蔓延。岳母说，七年了，生灵早已超度，我也坚信。爱，不能被忘记。阴阳相隔的路上，需要这种爱，更需要这种亲情的延续。

回忆，是需要勇气的。因为在回忆中，不仅可以追忆过去，还可以勾起心中的哀伤。岳父,我知道天国的阶梯很遥远,但我的思念依旧在。那么,就让我将这无限思绪,绾成一个心结,带上我真诚的问候。唯愿,您蓬莱含笑,快乐依然。

清明节将至,谨以此文,追忆哀思,为岳父大人送去问候,送去我内心的感念之心、怀念之情。

2022年3月22日于西安城南墨宝斋

爱，不能被忘记

最后的问候

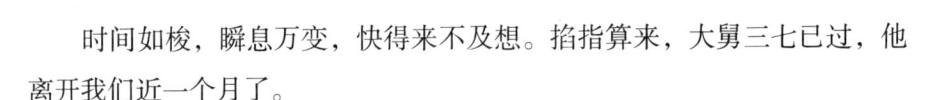

时间如梭，瞬息万变，快得来不及想。掐指算来，大舅三七已过，他离开我们近一个月了。

辛丑牛年，在后疫情的背景下，偶有零星新冠病毒作祟，天灾多难，注定是不平顺的一年。

8月19日，我陪陕西省慈善协会善天下杂志社领导在延川县采访，参观完梁家河知青旧居后，在微信朋友圈发了几张照片，并配以文字："人生，没有永恒的痛苦，也没有永恒的幸福。但美好的年华，不可虚掷。青春易逝，不可辜负，唯努力奋斗，勇敢向前，让生命之花，尽情绽放，不负韶华。"

晚饭后，闲暇之余拿起手机，突然看见大舅在微信评论区留言："向阳（我的小名），去延安了吗？"当我看到这条信息时，欣喜至极，天真地以为大舅的病情有所好转。当然，我何尝不想大舅的身体快快好起来。后来，从表弟黎明处得知，此时的他正躺在医院的病床上，呼吸困难，吃力地拿着手机在翻看微信。听到这个消息，我的心一揪，刚才的喜悦瞬间烟消云散，嘴里直念叨：但愿大舅早日好起来。

舅家离我家约三里路，小时的我调皮贪玩，大人们忙农活没人管我。

亲/情/篇

他们一不留神，我就不打招呼跑到舅家的村子去玩，为此没少挨父母的骂。淳化县那时是全国贫困县，地处渭北旱塬，多沟壑，土地极不平整。每年暑假，附近的几个村，大队都要给社员们安排集体劳动挣工分。

黎明小我两岁，加之两家距离很近，我经常去大舅家跟他一起玩。有一年，农村平整土地记工分，大舅家的劳力都去忙活了，黎明也在田地里帮忙推架子车，我也跟了去。歇息的空当，大舅和我聊了起来，问我以后想做什么，我说不知道。他说教书是个好事情，以后既不会在农村干苦力活，寒暑假还能休息，更重要的是在社会上受人尊重。那时候还小，我对大舅说的这些话没什么概念，也不懂其中的道理。

干活结束后回到家里，大舅又和我聊起了这个话题。我顺口说："我不想教书。您是老师，我父亲也是老师，一辈子在学校待着，多没意思。我想当个作家，无拘无束，想去哪里就去哪里。"大舅笑了笑，没说什么，他起身在他的箱子里拿出来一个长方形的盒子递给我，说："这是我送给你的，以后好好读书吧！农村的孩子要走出去，想要站起来，只有读书这一条路。"我急不可待地打开盒子，哇……是一支漂亮的"英雄"牌钢笔，我连忙感谢大舅。

20世纪80年代初期，淳化县很落后，各种物资匮乏，能有这么漂亮的一支钢笔，那是和我同龄学生的一种奢求。现在想起自己当时对大舅说的话，感觉很幼稚。当时随口说的话，也许是我心中的一个梦想吧！然而，这些在我的记忆中很清晰，一支钢笔，是大舅给我人生路上莫大的鼓励。

大舅生病住院期间，我和黎明联系最多，因出差和工作忙碌，时常电话问下大舅的身体状况，母亲、我和弟弟也一起去医院探望过几次，他身体状况大多时候比较平稳。8月28日一大早，正好是周六，三舅突然打来电话，说大舅病情恶化，让我们回老家一趟。其实，25日从母亲处早已得知，大舅在医院状况很不好，要出院回老家，我和弟弟原计划商量等他回老家后，再陪母亲一起去看望，谁知这个消息来得让人猝不及防。

我们简单收拾了一下，驱车回到老家。大舅家门口大小车辆已停了数台，大部分亲友都到了。我悄悄地走进大舅住的房子，心里有一丝不安，瞄了一眼大舅，他静静地躺在炕上，眼睛微闭，呼吸短促，时不时地嘴里说着胡话，一条长长的尿管连接着尿袋，尿袋耷拉在炕边，让人看着心酸和难过。我忍不住难过，看了大舅一眼就走出了房子，平静了一下悲痛的情绪。大舅的病我早知道，是肺上的问题。后来听黎明说，转移到了骨头上，每天疼痛得要命，多数情况下，整日整夜地疼，主要靠止痛片化解，中药配合治疗。再到后来，转移到了其他器官，速度之快，让人难以想象。但自始至终，大舅没有像其他病人病痛时那样呻吟，他从来没有喊过疼，对家人也没有一点的埋怨。我知道，他是热爱生活的，更疼爱他的每一位亲人。

"向阳，你忙得像啥样的，跑回来干啥？"听到房子里大舅在喊我，我急忙调整了一下自己的情绪，跑进房子，来到了大舅身边。

"好久没回来了，我回来看看。"我回答着，强忍着心中的感伤，再次认真而凝重地看着大舅。其实，大舅心里明白我回来是干什么的，他知道他的病情，也知道我很忙，不想让我耽误了工作。大舅已经瘦得不成样了，皱皱巴巴的皮肤，紧贴着骨头，下身已经瘫痪，大腿萎缩得没有成年人的胳臂粗，我不忍心再看下去，示意黎明赶快给大舅盖上被子。他向我要了一支烟，点燃后猛吸了几口，脸上艰难地露出笑容。中午的时候，大舅的病情平稳了很多，还吃了小半碗饸饹和一个苹果，直至下午我们要返回西安时，他已恢复到了在医院住院时的状况，我们也放心了。我从大舅身上，看到了生命的顽强，看到了他对亲人的不舍和留恋，更看到了他对生活不屈的态度。

8月28日后，我一有时间就给黎明打电话问大舅的病情，他都说平安无事。9月23日晚7时许，我下班刚回到家，一阵急促的电话铃声响起，是黎明打来报丧的，他说大舅下午6点多走了，走得很安详。我"嗯"了一声，手里拿着手机不知所措，在原地愣了半天。这一天还是来临了，人固有一死，但至亲的离世，怎能不伤痛？大舅经过两年与病魔的顽强抗争，离开了爱他和他爱的亲人们，与世长辞了，享年六十七岁。

亲/情/篇

　　大舅在家中排行老大，他一生生活积极，乐观向上，尊老爱幼。他的一生，是谦和的一生，正直的一生，孝道的一生，友爱的一生。在从事乡村教师三十年的教育教学工作生涯中，为人师表，勤勤恳恳，踏踏实实，师德高尚。无论在哪所学校，他都以校为家，以教育事业为中心工作，一心一意为学校的发展出谋划策、添砖加瓦。为了学生，他披肝沥胆，循循善诱，废寝忘食。他用亲切的话语，去教诲学生；用严谨的行为，去感化学生；用阳光雨露般的关爱，照耀培育了一批又一批学子。他用三十载春秋之笔，书写了桃李满天下的辉煌，为家乡的教育工作做出了不可磨灭的贡献，赢得了国家的认可、社会的赞许和全校师生的好评。

　　当我再次打开微信，时间永远定格在了8月19日晚8时41分。谁知这条评论，是大舅留给我的最后问候，也是我们最后的时空对话。再见大舅时，他躺在冰冷的冰棺中，我们已是天人相隔，永别了。

　　我与大舅的离别，居然是以这种方式，真的没有想到。在微信朋友圈里再看这条信息时，我的眼眶早已湿润，竟无语凝噎，不知我给大舅的评论回复他看了吗？遗憾，我还没来得及问。

　　"呕心沥血育桃李，大爱无言济苍生。"大舅，您襟怀坦荡、谦虚诚实、平易近人的素养堪为我辈楷模；您生活俭朴、艰苦创业、和谐邻里的风范值得我辈效法；您教子有方、德泽后世、辛勤培育子女成栋梁的远见卓识令我辈羡慕不已。

　　"想见风范空有影，欲闻教诲杳无声。"大舅，您安息吧！您的音容笑貌永远铭刻在我们的心中；您为人师表、自强不息、诲人不倦、甘于奉献的精神永远激励我们沿着您的未竟事业，努力奋斗。我们将勤奋学习，争取建设好我们的小家和大家！

　　逝者如斯，不舍昼夜。愿大舅在天堂无痛，静然安息，含笑九泉。吾以此文，写在大舅三七之后，聊表心怀，感为追念。

文章刊登于《善天下》2022年11月

偏爱

人常说："远的近不了，近的打不远。"外爷这个名称，对我来说是熟悉而"遥远"的，它用一个"外"字，看似区别了孙子辈们的远近，但在现实生活中，其实往往不是这样的。在外爷们的眼中，家孙外孙都一样，他们都很爱。

外爷有三弟一妹，他在家里排行老大。外爷家离我家约三里路，小时候，我和村里的玩伴玩着玩着，不经意间就溜达着到了外爷家的村子，叫上几个表弟一起玩，根本不知道回家，这是常事。为此，父母找不到我的时候，就经常向村里人打听我的去向，为此没少让他们操心，我也挨了不少的训斥。

上小学时，外爷因病离开了我们，弹指一挥间，至今已有三十多年。那时我还小，也很傻，不谙世事，对社会上的什么事都好奇，但大多不懂。在我的印象中，外爷的兄弟姊妹们在生活中相处融洽，他们脾气都特别好，我几乎没见过他们彼此红过脸。

小时候的我，调皮捣蛋，经常犯一些错误，外爷们都会耐心地笑着给我讲道理，很少训斥。几十年如一日，他们这种友爱的、慈祥的、温和的笑容和善良，给我心里留下了深深的印痕，即使岁月将我推上了四十岁的"宝座"，我依然感觉自己还是小时候的样子。这种爱，是能穿越时空的，一点也不多余。

小时候的我，是被这种爱包围着的。如果现在非要说我除了这种感觉之外，还有什么体会，我想更多的是我对人生苦短的感慨。随着时间的流逝，二外爷和四外爷都因病相继离我而去。他们的离世，对我这个家族感强烈，且喜欢一大家子的人而言，是伤感的，也是无助的。人固然有一死，都会离开这个世界，但当至亲们真正离我而去的时候，我的内心是悲痛的，更是难舍的。

在我懂事后，几个外爷里面，我和三外爷相处较多。上初中时，三外爷是学校的书记，那会儿他临退休，学校没给他安排多少工作，只有开会时他去一下学校，其余时间多数都在家。那个时候，我家的条件不宽裕，很少在外面买东西吃，也没有钱买。家里离学校有五公里左右，因住校，每周一我去学校都会带上吃的东西，但又怕带多了坏掉，每周三还要回家再取一次，周而复始，初中几年下来，一直是这样的节奏。

那个时候，作为渭北旱塬一个贫困山区小镇的初级中学，能在此上起学实属不易，上不起学的司空见惯。初中三年，我亲眼看着我的许多同学因没钱交学费而辍学，不是他们学得不好，是真的没办法。与那些没钱上学的同学相比，我是幸运的，虽然当时我家的条件也很艰苦，但我起码还能去学校。我很感谢我的父母，也感激那段时光，让我的人生得到了历练。

初中，正是一个人长身体的阶段，为了带到学校吃的东西能放两三天不坏，家里在有限的条件下，每次都会给我带最好的东西。在我的印象中，一直吃的是老三样：面糊糊、馒头和苹果，很少有油水和蔬菜，记得带过一两次菜，但没吃两天就坏掉了，很心疼，之后再就没带过。20世纪80年代，老家上学的同学们普遍是这样子，现在想来，那时的"老三样"，很香很甜。我这种没营养的饮食和繁重的学习状况，三外爷看着心疼，心里很难受。初二那年，为了让我能有一个好的学习环境，不住男生宿舍的通铺，三外爷将学校给他分的房子的钥匙给了我，还给我了一些教职工食堂的饭票，

爱，不能被忘记

让我偶尔可以改善一下伙食。

说到这里，还有一个小插曲。上初二那年，三外婆的侄女和我一个学校，比我低一年级，三外婆想让她侄女住在三外爷在学校的房子，给三外爷说了多次，怎奈他就是不同意，因此两个人说得不好，还红起了脸，拌起了嘴。这是后来有一次三外爷给我说的。当时，我打趣道："那我三外婆不生气吧？"只见三外爷靠着沙发的身子一下坐直了，铿锵有力地笑着说："有啥生气的，我不同意就不同意，一个女娃娃多不方便，况且再出个啥事，这责任担不起，还是你住着好。"其实我知道，在三外爷的心里，相比女孩他是喜欢男孩子的，我即使作为外孙，他也觉得我离他是最近的，也是最亲的。当然我更明白，三外爷是偏爱我的。

生活中，三外爷是一个开朗健谈、体贴入微、干净睿智的人。有时，他因会议也会来学校和我住上一晚。午饭前，他总会先整理打扫房子，把桌椅板凳擦拭一遍，然后我们才开始一起吃饭。吃饭期间，他还会时不时地给我讲一些做人做事的道理，我一声不吭地认真听着，默记在心。三外爷还会和我一起说笑，特别是每当他看着我一口接一口，一会儿的工夫就吃掉两个苹果时，就笑得很开心，并说："你都不怕冷冻，一下子能吃两个，牙口真好。"我知道，他这样说是怕我吃坏肚子。再到后来，三外爷一看到我，就开心地忆起吃苹果这件事，我们又是一阵笑。其实，他看着我在长身体这个年龄阶段，能吃能喝，内心甭提有多高兴，经常开心得两只眼睛眯成了一条线，这是他心中最为淳朴和慈祥的爱。其实作为我来说，三外爷的高兴和舒心，何尝又不是我的心愿呢？

我的童年，因家人忙碌而无暇顾及，有三分之一的时光，我都是在外爷家度过的，而那段时光，也是我最难忘的。外爷家村子的人，按辈分大多是我的长辈，小时候的我天马行空，走到哪家吃喝到哪家，他们几乎都认识我。在三外爷众多的家孙外孙中，我是长孙，也是最淘气的那个。三外爷最爱说的一句话："我的孙子们一个比一个长得好看，而且还有出息。"这句话我一直记忆犹新，虽然事实并非如此，但我知道这是他的真心话。

他和天下所有的外爷一样，不管是家孙还是外孙，永远都是最好的，这是三外爷对我们表达爱的一种方式。

农村人大多有重男轻女的思想，但这种传统思想，在三外爷眼里淡化了不少，他对子孙们不论男女都一样重视，并将自己的爱毫无保留地奉献付出，对几个外孙没有一个不牵挂的。每次我回老家去探望他，他都要详细地询问我的生活和工作的近况，疼爱之情溢于言表。爱，是个动词，这就是外爷爱外孙的方式。

随着时代的发展，人们表达爱的方式截然不同，爱也体现得越来越深刻，越来越具体。我感谢三外爷对我的偏爱，虽然过去了近三十年，但他给予我的这种爱，我一直铭记在心。爱，是可以延续的，我从三外爷的爱中，汲取了营养、幸福和健康，更学习到了爱作为动词，在人世间温良的真谛。

童孙未解供耕织，也傍桑阴学种瓜。三外爷对我的爱，是潜移默化的，历历在目，终生难忘。是他，教给了我做事有条不紊，学会并热爱生活，与人相处，懂得感恩。作为孙子的我，也将在三外爷的荫佑下，踔厉奋发，笃行不怠，耕云种月，积健为雄。最后，祝愿三外爷身体安康，快乐如意，永享幸福。

2022 年 11 月 26 日于西安城南墨宝斋

爱，不能被忘记

继续追寻梦想的男孩

哥：

　　没事，伤心总是难免，我真不甘心，只怪我们命运多舛，发生的很多事已经使我不能用高考来赌。我不怪你及家人，但我今天对天发誓：我一定要考上好大学的研究生，一般学校及我们学校我不会考虑，宁缺毋滥，请你以后多提醒鼓励我，我不会放弃。我，你不要担心，我会接受这一切，你要好好为你的事业着想，我的事已经稳定，你不要操心，我不会怪谁。

弟：国华

　　高考结束了，弟国华轻松了许多，期盼已久的愿望会在此刻实现吗？我想会的。因为这不仅是他的心愿，也是家人的心愿，更是已逝父亲的冀望。在我的头脑中，希望的种子早已发芽，弟弟，我相信你，你一定是最棒的。

　　在那满载希望的考场，你没有孤寂吧？在别的孩子向父母撒娇时，你没有伤心吧？在那为命运定夺的时候，你没有徘徊吧？考完了，暂时绷紧的发条缓缓地松动了，但没有彻底地松动，因为还有很重要的一步棋得走：填报志愿。这是一步很难走的棋，犹如博弈。我问弟弟估分大概多少，显然，可以看出，弟弟的心情不是很好。"没发挥好，有点紧张，大概五百四五吧！"他极其平静地说。我愣住了……"哥，随便报一个学校吧，能走就行。"看到我不自然的表情，弟弟补充说。"哦，没事，考多少算多少，况且成绩还没有出来，谁都说不准。"我轻描淡写地对他说，但这一切，怎能掩饰我内心的忐忑。"他不会考这么低吧，根据平时的表现，怎么也能上六百分。"我心里不断地嘀咕着，可回头又一想，不能伤着他，要不断地给他鼓励才行，毕竟成绩还没有出来。

我还能要求他什么？他已经承受了许多，他承受的是和他同龄的孩子几乎想象不到的压力。希望归希望，我不能给他太大的压力，已经"深谙世事"的他，已经很不容易了。小我七岁的他，有着和成年人一样的思想，甚至有些成年人有时也想不到的，他也能想到，还时不时地提醒鼓励我，使我看到，在经历世事的磨炼后，他慢慢地成熟了不少，变成了一个"大男孩"。

在弟弟来西安之前，我已经考虑了很长的时间，学校怎么报呢？当他给我说了他的估分时，我陷入了深深的沉思之中。因为与往年相比较，我预计弟弟的分数正好压线，这使我左右为难。报得高了，害怕滑档；报得低了，害怕吃亏。一时间，我真的不知如何是好……长兄为父，我配这个角色吗？弟弟是慈父的希望，也是我的希望。他很小的时候，我就疼他，现在也一样，在我的内心深处，我不想让他吃亏，哪怕半点。特别是现在，我不想让他再受到一丁点的伤害，因为对于我来说，真正的亲人还有多少？！不敢再失去……

一个通宵的思考，我辗转反侧，彻夜难眠。第二天一大早，我将我的想法说给了弟弟："为了走，结合你的爱好，我们争取一所一般学校好的专业，而且在陕招收人数相对而言比较多，这就行了，你意下如何？"弟弟说："那就这样吧！"这样，报什么样的学校，在我的大脑中基本定型。通过全方位的考虑，最后我将学校定位在了陕西科技大学和西安石油大学两所学校上。就这样，弟弟也权衡了一番，作为第一志愿，填在了志愿表上。

成绩出来了，弟弟考了五百七十七分，比估分高出了将近三十分，陕西的一本线是五百四十五分，和我们原来估计得相差无几。我内心流露出几分喜悦，弟弟是真的努力了，也尽心了，依今年高考试题的难度，不难看出，弟弟已经拼了全力。在高兴之余，我的内心又多了几分不安，是不是志愿报低了？很长一段时间，我都在思考这个问题。

2006年7月17日，高考录取结果出来了，弟弟被陕西科技大学机械工程与自动化专业录取，我心里的一块石头终于落了地，接下来就是等候录取通知书。

毫不掩饰地说，弟弟对这样的结果，心里也有点儿不平衡。一次我们的通话，我已感觉出了几分，在这里，我只能表达我内心深处极大的愧意。但事情的曲折，使我们不敢贸然行事，为兄深思再三，以能走为上策，当然，你的"情绪"我也能理解。

揾去脸上的泪水，除却内心的不平，万事皆在不尽的言语中。弟弟，你我弟兄怎会因命运的多舛而被打倒，这不是我们的本色。我知道你的想法，我也明白你的想法，我更是理解你的心情，在这样如戏的人生里，为兄我祝福弟弟一切都好，顺便以点滴言语相送：是金子总会有发亮的时候，总会有发光的地方；在你前进的步伐中，肯定会有许多的羁绊，但是不想当将军的士兵不是好士兵，每个士兵的背囊里都应有一根元帅的指挥棒。

弟弟，你毕竟还年轻，这就是资本，时光如梭，在流水般的光阴中，给你撑帆的桅杆可见重要，寻找适合自己发展的切入点，不可懈怠。内练素质，外塑形象，孜孜不倦，才应是你追求的境界。弟弟，展开你翱翔的翅膀，飞吧！飞得更高，飞得更远……

国华弟弟，你一定会成功，为兄我将作为你的第一"检阅人"，不厌其烦地为你呐喊助威,用这种简单的方式,给你的人生路加一把劲。奋起勃发吧!我已经看见了,你已在新的起点上起航,继续追逐着你的梦想……

2006 年 4 月 12 日于陕西师范大学

爱，不能被忘记

重阳日过西安钟楼

深秋的阵阵凉风吹过，有一些冷，更带来了一些凋敝。

独自一人，坐在温暖的公交车内，心中却是无限的透凉。今天是中国的传统节日重阳节。九九重阳节，应是登高的最佳时日，也是追忆的季节，而在这样的时光里，我的内心却缩了一个结。

今日，又过古城西安的中心——钟楼，对于常人来说，这只是生活中的一个很常见的事情，但是今天，在我心中，却变得极为沉重。

我望着钟楼下灿烂的鲜花，以及钟楼的南角，眼前不禁浮现出了无法拭去的一幕：父亲站在那里，双手叉腰，用几乎凝滞的目光望着西边，继而又蹲了下去，双手抱头，心中好似有想不完的事情，有道不尽的苦愁。我不想打断父亲的思绪，即使在钟楼内有节目表演，我也没有打扰他。直至他自己听见了里面的鼓乐，才走了进来，脚步很重，但又好像很轻。本来，乐器表演，一直是父亲的最爱，我却没看见他脸上有一丝的喜悦。

来西安"游玩"，这是父亲有生以来的第一次，也是他生前的最后一次。说是游玩，其实是检查身体，检查他身上留下的岁月的印痕，以及生活中沉重的负担留下的伤疤。我不知道现在的这个时候，钟楼能为我见证什么，但给我留下的，却是记忆中抹不去的伤痛。

夕阳西下，断肠人在天涯。北方的秋天，在不经意间一直向冬延伸。望着漫天飞舞的黄叶、肆意飘摇的柳枝，我的思绪有点乱，有点沉重。白天短了，夜晚来临得特别早，于是，那弯明月更是清晰地挂在柳树梢头。遥望那弯明月，竟然如此单薄！

在北方人不怎么过的这个老人节里，虽有唐代诗人杜牧笔下的《九日齐山登高》，也有王维脍炙人口的《九月九日忆山东兄弟》，但此时的我，却抒怀着青春的快乐和忧伤。看着车水马龙，想着父亲那深沉的目光、慈祥的笑容，心里荡起无数的感慨和哀伤；想起童年，想起父亲年轻时的笑脸，还有那……闲愁几许，钟楼的西南角已深深地烙在了我心上。

九月九日是一个孝敬老人的节日，我却身在他乡。"当！当！当……"钟楼上的钟发出了沉闷的声音，借着钟声，带着我的祝福，问候过世和健在的亲人，唯愿他们都好。听暮鼓晨钟，望岁月沉浮。"九日登高望，苍苍远树低。人烟湖草里，山翠县楼西"，飘落的思绪，悠悠的心，总不能释怀。

九月九，重阳夜，难聚首，思乡的人儿漂流在外头；九月九，愁更愁，情更忧，回家的打算始终在心头。九月九，冉冉秋光留不住，满阶红叶暮，又是一秋；又是九月九，重阳日过西安钟楼，台榭登临处，茱萸香坠，愁更愁。

2006 年 10 月 5 日于陕西师范大学

爱，不能被忘记

割舍不下的缕缕情思

2005年7月19日，一个阴暗的日子。

一整天，万里无云，红日当头，正是夏伏天的时节，一阵阵热浪让人甚感酷热，坐着也会流汗。

傍晚时分，是城里人们串门的好时间，而对于农村人来说，这个时间是上地干活的最佳时刻。然而，就在这种人们感觉可以忍受夏热的气候中，一种不安悄悄降临，迅速地膨胀蔓延。当人们从这种残阳带走余晖的景象中回过神来的时候，已经晚了，因为远方的残阳，血一般地铺天盖地，染红了黄土，染红了万物的角角落落。是的，残阳没有带走余晖，却是余晖带走了我亲爱的父亲。此时，亲人们一拥而来，围住了父亲。瞬间，亲人们开始躁动了，喊着、跑着、哭着……但一切为时已晚。

村子里的人们，一个个脸上在片刻的时间里僵硬了，沉痛地低下了头，默哀着。众人表情木讷地将父亲抬起来，放在了一块木板上送回了家。有人看着逝去的父亲，忍不住掩面大哭了起来，他们将五味杂陈的情感，在此时此刻都宣泄了出来。

没有完成的遗愿，没有解决完的事情，没有播撒完的爱，在一刹那被父亲全部带走了。缕缕的情思，多少的遗憾和期望，在这一刻满溢亲人的心头。在另一个世界的那头，父亲会不会唏嘘些什么，我想会的。逝去的父亲的所有愿望，我不会放弃，也不会忘记。父亲啊！望乡台上，您重重的脚印，是为了证明什么？我可怜的父亲，还有什么要说的吗？肯定有，只是还没有来得及。我知道您想说什么，我也知道您在期盼什么。放心吧！我会尽自己的最大努力，把家里安顿好，把一切处理妥当的。

执手相看泪眼，竟无语凝噎。我恨老天的不公，我更恨那无情的黑白无常，就这样带走了我的爱。但现实就是现实，无法改变。再想时，我的大脑成了空荡荡的一片。

写在父亲大人去世后二十七天，以作哀思！

2005年7月13日于西安翠华路

爱，不能被忘记

骤雨初歇思新春

　　昨日凌晨，一股冷风钻进被窝，将熟睡的我从梦中"摸"醒。迷糊中不禁伸手拉了拉被角，但还是有点冷，顿时，我睡意全无，眼睛睁得老大，望着头顶的天花板发愣。

　　已经快到黎明，周围很静。细听窗外，噼里啪啦，哦，下起了雨。

　　这是立春后的第一场雨，今冬干得要死，感冒的人一拨又一拨，难得一场雨，可以净化一下空气，滋润一下万物。

　　我努力地想再次入眠，但是怎么也睡不着，躺在床上辗转反侧，思绪万千。

　　一会儿，窗外的雨渐渐地停住了。骤雨初歇，以这短暂的方式，开始了一年的新春。

　　我坐了起来，穿好衣服就那样地傻坐着。过去的一年，一切的一切，在我的头脑中瞬间闪现，有点苦涩，有点伤感。

　　父亲离开我们已经一年了，每当静下来的时候，他的音容笑貌就会在我的眼前浮现，慈祥而伟岸，严肃而认真。昨晚也是如此。

　　父亲的突然离世，在我的心里留下了一个结，一个不能触摸的伤痛的结。在很长的一段时间里，我默然无语，惆怅而失落，伤心而无助，如天塌了一般。那么，昨夜是天堂的父亲在和我谈话吗？

实在睡不着，顺手拿过来一本书看，但是，根本就看不进去。就这样，什么事情也做不成，也没心情做，一个人只能傻傻地呆坐着。最后，靠在床头的一角，将自己的思绪重新整理了一番。

过去的时光，就像放电影一样，在心头不断地盘旋，那是父亲和蔼的笑容和亲切的问候。这些他给予我的，历历在目。我好像又看见了父亲的身影，听见了他那深沉的声音，想着想着……两行眼泪挂在了脸上。

没有承担过压力的我，在现实的生活里显得很无奈、徘徊，也很无助，许多时候，你所想的和生活是有距离的，这给涉世不深的我重重的一击。每当此时，我就想起了父亲，心里既委屈又感伤。一个大男孩，表现出来的形象，有时自己都感觉着可笑。

谁人不离开父母，哪位父母又能陪孩子一辈子？享受惯了舒适生活的我，没有经过大风大雨的洗礼，不知其中的滋味。人本来就是尘世间的一颗微粒，谁都会面临生老病死，只是时间的问题……

天堂的父亲，当然不希望看到我没落的样子。痛定思痛，一切只能化作对父亲深深的哀思，用自己的双手，营造生活，面对现实，奋斗不息，这是父亲想看到的，也是我应该这样做的。

在这还有点寒冷的春天，不知九泉之下的父亲，他是否还好。深夜之中，我继续想着，思索着！不知道什么时候，竟然靠着床头睡着了。

2007年3月1日于陕西师范大学

爱，不能被忘记

继续陪你打球

在一起的日子，你不会觉得，那是因为在一起的时间长了，没有注意瞬间的感觉。分开了，一个人静静地凝望生活的时候，才发现在一起的时候的美好。人生有个兄弟相陪，很幸运。

记忆中，我和弟弟待在一起的时间，是屈指可数的。上高中后，我很少回家，但心中时常有着牵挂。

弟弟小我七岁，但他那可爱的样子，时常萦绕在我的心中。小的时候，由于家人农忙下地干活，根本没有时间照顾我那皮肤稍黑的弟弟，我成了名副其实的"保姆"。

别看他人小，但是淘气好动，经常调皮捣蛋。家乡有句俗语："即使去地里干活也不愿意看小孩。"因为看小孩的时候，你只能静静地待在那儿，没有干活自由。可我，那时已经锻炼出了同龄人少有的耐性和韧性，我视弟弟为手中宝，虽然那时我只有十一二岁。

夏收的时候，也是农民最忙的时候，我一边照看弟弟，一边还要等他睡着后帮家人干活，忙得不亦乐乎。一次中午过后，家人都没有从地里回来，我抱着弟弟在等，夏季的天说变就变，忽然乌云密布，雷阵雨即将到来。"咔嚓……"一声雷鸣，随之我的左边胳膊钻心地疼，看时，弟弟的小嘴咬住了我的胳膊。我拍打了一下他的屁股，他哇哇地哭了。我当时很生气，就把他放在了一边，任他哭泣。但转身看见他小腿乱蹬的样子，还是抱起了他。有可能是雷声惊吓了他，我心想。此后，这个故事成了我们家里人茶余饭后的花絮，也是我们兄弟的小故事。

由于年龄的悬殊，记忆中我很少和弟弟吵架、打架。在父亲严厉的教导下，我们更多的是学习知识和学会做人。这令左邻右舍很是艳羡，因为在农村，兄弟姊妹之间打架、吵架，司空见惯。

小的时候，农村的生活很乏味，小孩没有多少娱乐的去处。当时的我也很单纯，只知道有着一个弟弟，有人和我一起玩，自己有个伴，没有再多想其他。也就是从那时起，我懂得了珍爱。我一个人偷着出去玩的时候，弟弟总是在我身后"盯梢"，要和我一起去玩，从此，我也多了一个"跟屁虫"。

自国家实行计划生育以来，不管城市，还是农村，孩子都少了，许多家庭都只有一个孩子。但作为农村出生的我，很庆幸有弟弟相陪，让我的生活中多了一份乐趣，也多了一个帮手。有感于我大学期间课外做家教时城市里小孩的孤单，这在我的文章《情感的缺失》里有所描写。面对生活，面对现实，我是一个很幸运的人。

从弟弟开始记事到上学，一直到我离开家到外地上学之前，那是属于我们兄弟俩的快乐时光。学习上，弟弟是一个很认真也很刻苦的孩子。父亲和我成了弟弟的"老师"，感谢父亲赋予我一半的"权力"，使我和弟弟之间的感情不断加深。

父亲虽是老师，但每次从学校回家后，经常和母亲忙于农活，加之他已年长，原来的知识忘了很多，所以我成了弟弟学习上真正意义的"老师"。弟弟做错题的时候，我很苛刻，也很严厉，但他从来不吭声，有时我几乎用呵斥的语气对他，他也不说什么。现在想起来，我都觉得自己当时有点过分。好在弟弟懂事，每次都是在我们解决了一个个问题之后才罢休。就这样，我只要有时间，就给他辅导功课，一直到他考上省重点高中。我们在这种学习的过程中，更深地培养了感情，加深了彼此的了解和默契。

生活处处见真情。闲余时间，我和弟弟在一起玩，玩具很简单，是父亲从学校带回来的一副破羽毛球拍，这也是我们兄弟俩唯一的"高档"玩具。那时家里很拮据，爸妈一心只想着我俩能上大学，以后走出那个小山沟，摆脱贫穷的生活，所以，有时候学习完之后，帮家人干活，是经常的事情。无疑，在这个过程中，玩耍对于我们来说，就是一件很奢侈的事情了。

每次我们打球，都要分出胜负，我经常以大欺小，不是我赢了，我也说我赢了，弟弟很沮丧，脸上虽然没有表现出什么，但心里是不服输的。打完歇一会儿，弟弟嚷着还要我陪他再打，软磨硬泡，我还是陪他打了。但是这回他可小心了，而且自己还数着数，我心里暗暗地佩服弟弟的坚持和精明。弟弟是一个好强的人，每次玩的时候，直至他赢一次才会罢休。一方水土养育一方人，这种坚忍的精神根植在了他的心里，也根植在了我们的生活中。

弟弟上高中后，忙碌的学习占据了他的大部分时间，我们在一起的时间也少了很多，只有寒暑假可以短暂地相聚。话匣子一打开，他就和我聊得没完没了，妈妈喊吃饭，我们一边吃着一边还聊着，家人也拿我们没办法。我们兄弟以这种亲和的姿态，互诉心里的故事。

去年，弟弟以优异的成绩考入了大学，开始了他人生新的轨迹。我们虽然待在同一座城市，但是一个在南，一个在北，距离较远，平常也很少见面，只有电话中偶尔的问候。弟弟能继续深造，他是幸运的；我有弟弟相陪，也是幸运的。

如今，在繁忙快节奏的生活里，每个人都在忙着自己的事情。不管是亲人还是朋友，在一起的时候，我们应该互相珍惜，不在一起的时候，心里留有一份牵挂，嘘寒问暖，真情永远。

一个人静寂的时候，也是回望的时候；一个人思念的时候，也是追忆的时候；一个人平安的时候，也是祝福的时候。弟弟，我们依旧会拥有快乐，努力过了还要继续努力，为兄会继续陪你打球，继续陪你学习。

2007年2月21日于陕西师范大学

爱，不能被忘记

空旷沟边的新坟

又到了6月，夏天来了，一阵清凉的风，漫不经心地从空中拂过，为炎热的气候，注入了丝丝的凉意，也为闷热的酷暑，送来了阵阵温馨。

街上的行人很少，只有那些做生意的人坐在自家店门口的躺椅上，懒懒地打着盹儿。

刚吃过午饭，外面太热，今天是星期天，我没出家门。炎炎的中午，是午休的最好时间，但我没有丝毫的睡意，一个人呆呆地望着窗外的高楼，陷入了沉思之中。

去年的这个时候，是我走出大学校门踏上工作岗位的时间，一切都很顺利，工作单位签了，毕业的所有程序都办理顺当，可以说，什么事情都还如愿以偿。快到6月底，再有一个月的时间我就要离校，就在这时，父亲来了一个电话，说是到西安来看看，我们约好了时间。

父亲来了，带着笑容，我们有说有笑，谈天说地。在我的记忆中，这是很少有的。无意间，看到父亲那张曾经青春的脸，变得如此的苍老，丝丝的微笑中有些倦意。我的心里不禁一颤：这是我的父亲吗？长时间不在家的我，怎能经得起时间的流逝和冲刷，现在给我留下的，全是和父亲在一起的记忆。

亲/情/篇

　　父亲在西安待了一周的时间。我送他回家时，望着他远去的背影，很平静，很安详。谁知此次一别，竟是永别，我再回家，已是天人永隔。我怀着极其悲痛的心情，送走了父亲。身体还算强健的我，几次昏厥。在我的心里，全是如线的泪水、依依不舍的情和那难以割舍的爱。

　　我站在沟边的一片空地里，隔沟遥望，依然是沟，依然是山。这片空旷的土地，是我们村的公坟，父亲就葬在这里。父亲的坟头上，土是新的，周围的空气也是新的。刚刚下过雨，坟上的黄土湿湿的，没有一株花草，混在泥土中的，是那些烧过了和没烧化的纸片。父亲，孩儿来看您了，请允许我在您的身旁静静地守候，我们聊聊天，好吗？好久了，都没有听到您的声音了，很想您……

　　父亲，时间如梭，快一年了，九泉之下的您还习惯吗，一切还好吗？咱家一切都好，奶奶和妈妈身体还算好，我马马虎虎，努力地工作着。我找了一个女朋友，人挺好的，对我也好，是咱们陕西的女孩，一个挺实在的人。望父亲在九泉之下，引以为慰，含笑九泉。

　　如梭流水的时间，就这么匆匆地流逝，都一年了……沟边的风极大，擦身呜咽而过，那么凄凉，那么感伤。在偌大的时空里，我只身一人，寻寻觅觅，冷冷清清，凄凄惨惨戚戚。心中之意，最难将息。回头望去，茫茫沟壑间，只剩下了幽幽的气息。

　　生活就是这么残酷，这么爱捉弄人，根本不给你思索的时间。父亲，我好想哭，放声大哭三天三夜，直到泪水流干为止……命运为什么如此多舛，给我留下这"捉弄人"的结局。有可能我快乐得太早了，人生毕竟是一个荆棘丛，绝不是到处都盛开着玫瑰花。父亲，我是一个没有出息的人，作为一个大男孩，我的感情太多，总是供过于求，经常被一些小动物、小花草惹起万斛闲愁。父亲，这还是您原来的儿子吗？

　　都一年了，我还没来得及想，也顾不得想，就这么过来了，平静如水。今天是父亲节，父亲您在无声的世界里，能听得到儿子的声音吗？我不能和往常一样，再给您打电话了，也不能再听到您亲切的声音了，好想您……

爱，不能被忘记

　　父亲，我放大了一张您的照片，十四寸的。其实，您的照片少得可怜，这张是我从您为数不多的所有照片中挑选出来的，我自认很帅的照片。

　　父亲，农历七月十九，我要回家祭奠您。这座空旷沟边的新坟，孩儿不会忘记，永远不会。

　　抬起头，我望着窗外的世界，平静的日子依然平静。

2006年8月12日于陕西师范大学

亲/情/篇

父亲是我心中永远的痛

　　岁月蹉跎，时光流逝。转眼间，父亲离开我们已经两年了。扳着指头，细数着过往的点滴，历历在目，难以忘却。每每夜深人静的时候，我就会想起那些难忘的逝去的岁月。

　　一年一度的教师节又到了，我偷偷地站在一所学校的一隅，看着脸上尽是笑意的老师们，不禁感叹，若父亲还在，会不会也是这样的笑容？我呆立在那里，任穿行的人从我的身边走过。

　　父亲是在2005年的夏末离开我们的，走得很安详。走的时候，有点不舍，微张开的嘴，很明显是还有话要说，是什么话呢？现在您说吧，儿子在您的身旁聆听着呢！是那没有完成的夙愿吗？还是放心不下奶奶呢？哦，这些啊！放心吧，父亲，儿子会努力做好的。

　　父亲，您还记得我上大学时候的事情吗？当时您乐坏了，像个小孩子。但是，儿子看到的是您眼角的鱼尾纹，那明明是咱们那个小山沟的沟壑啊！纵横交错地爬满了您的脸庞。我知道，那是您经历的沧桑，都写在了您那粗糙的皮肤上。

　　我就要去上学的时候，在亲友们面前，您送给儿子的礼物——一包卫生纸，让孩儿终生难忘。父亲您虽然身在农村，但是您知道城里人

爱，不能被忘记

的"习惯"。说出来，也许很难相信，我正是靠父亲您颇有"前卫"色彩的馈赠，才开始了我平生系统、完整意义上的饭后用纸揩嘴的卫生习惯。在读大学之前，我很少用纸揩嘴，或者说根本没有，要不就是饭后用手在嘴上一抹，要不就是用毛巾一擦，然后再洗毛巾。父亲，您还记得吗？就是这么一包纸，改变了我的一个习惯，也改变了我对新事物的一些态度和看法。

都两年了，新坟变旧坟。杂草丛生的坟头上，有您的足迹吗？儿子来看您的时候，您可曾挥挥手，哦，我看见了，那风吹草动，是您送来的温暖怀抱。父亲，奶奶身体还很健康，您不用担忧。妈妈还是老样子，您也不用操心。弟弟如愿以偿地考上了大学，您不用发愁。我们一切都还好。

淡水般的生活，日复一日地向前流去，带不走人间苦愁，留不下世间悠悠。父亲，您在另一个世界快乐吗？国庆节就要到了，哦，就是离教师节很近的国庆节啊，我们祖国的节日哦，估计您都忘记了，我说好要带您去北京看升国旗呢！您怎么不说话呢？咱家的苹果园今年丰收了，苹果价格也很好，您还记得您亲手栽的那棵桃树吗？今年也丰收了，果实已经压弯了树枝。您还记得……

父亲，您在哪里，您能听见我说话吗？您怎么不说话呢？儿子都结婚了，您应该知道的。您儿媳各方面都好，从小学到大学，一直是品学兼优的学生。她家境很好，母亲原来是一家单位的干部。她和她的家人不嫌弃儿子出身农家，看中了儿子的真诚纯朴，刻苦好学。凤凰落在"草窝"里，光凭这一点，我就应该感谢她一辈子。父亲，您说是吗？您点头了，说明我说得很对。

父亲，国庆节就要到了，远在他乡的孩子会回家看您去。我时常记得落叶归根的道理，常回家看看，也是儿子的心愿。人生一世，还图个什么，平平淡淡才是真。父亲，您可在咱家的门口远眺？顺着那条弯弯的小路走来的，正是您的儿子。我回家看您来了，给您带着许多要说的话，还有那些外面您不曾知道的新闻，您听听啊！嗯，很稀奇呢！

父亲……您在哪里？

2007 年 9 月 20 日于西安城南不息书屋

爱，不能被忘记

檀香缭绕祭亡魂

又是一个新春的三月，阳光和煦了一段时日之后，西伯利亚的寒风又光顾了这里。这几天有点寒冷。

倒春寒的来临，让人明朗的心，多了一层忧郁的伤。而就在这时，一年一度的清明节来临了。

清明，昼夜交替，寒气微凉，最思逝去的亲人，你们，他们，都在何方？

一阵湿雨，打碎了那颗孤寂的心，使之久久不能平静。追忆的思绪，连成一段跳跃的画面，清新而明朗地浮现在眼前。清明，这就是我对你的印象。

清明时日，在这个有点冷意的渭北旱塬，也是如此，这种寒冷没有半点离开的意思。

在那郁青的黄帝陵，在那紫烟腾升的妈祖庙门前，在那庄严的八宝山公墓前，都有你的影子——清明。烧几炷檀香，焚几张黄纸，随着春日徐风，一起飘落到祖先的面前。这不仅是思念，更是侃侃的诉说。

清明，你打断了现实的宁静，因为街上忙碌的人，不只是简单地上班，还要匆匆地祭祖。行人的脸上，写进去的是伤感和悲情，没有往日轻松的容颜。这个充斥生活常态的日子，是如此的凝重！

你瞧，从清晨开始至黄昏之际，在烟雨弥漫的山野中，在泥泞难行的小路上,总有顶风冒雨、点缀寂寥、行行重行行的扫墓人,或三五成群,扶老携幼,或一两个孤影,踽踽而行。无论风狂雨恣,还是和风细雨,在这时都是小儿科,无法阻挡他们祭祖的脚步。顺自然之灵气,寄托深深的哀思,是他们的心愿。

远山隐在云雾里,孤烟笼在近树上,小桥流水,愁鸦悲啼,雨洗暮春,风吹哀愁,唯见烟雨一片苍茫,不见人家与炊烟。好一个伤感寂寥的场景,好一个凄迷彷徨的画面。

抬头偶望,墓地黯然凸显面前。百坟拱起,碑碣林立;烟雨蒙蒙,青草离离。一片荒凉,一片凄迷,一片死寂!山孤烟雾薄,树小雨声稀!

支离破碎的沟壑,纵横交错,这是渭北旱塬的曲线。在那空旷的沟壑边,在那零落的坟堆里,何时才见云烟?孤立的两座坟垛,是如此的冷清,朝着夕阳的地方,怎么看不见袅袅的紫烟?亲人那慈祥的笑脸,那样的可亲,那温和的言语,在我的世界里不时呈现。时间抢不走我的意念,亲人的影子总会留在我的心间。云烟盘绕,细雨连绵,清明的日子难忘人间。

铲一堆新土,揩去脸上的泪珠,垒起这个心中的疙瘩,让它不再害怕雨雪风吹的洗刷。燃一炉檀香,带去深情的问候,让飘悠的思绪随烟而逝。试问天地间:情在何方,意在何处?

风飘飘,雨潇潇,哀思悠悠,悲情凄凄。拔净一片乱草,摆下几杯冷酒,烧上一沓纸钱,风雨愁煞人,抔土带愁,杂草含烟,竟无言以对,唯有心底弥漫淡淡的哀愁!

死者长已矣,存者永怀悲!音容笑貌,历历在目,谆谆教诲,言犹在耳,但客心逐流水,随缘到天涯,念千里孤坟,何处话凄凉?

清明时节梦里回,檀香缭绕寄思追。唯愿祖父和父亲大人九泉之下,能听到那从渭北沟壑中呼唤的声音,引以为慰。

2008年3月25日于西安城南阳阳国际

爱，不能被忘记

再寄吾弟家书一封

　　朗朗乾坤，日月可鉴，岁月留声，不可不畏。今日终静，思绪万千，遥望追忆，苦觅其果，不得不思，遂作此家书，与弟共勉！

　　时光如梭，不分昼夜，弹指间，为兄已至而立之年。人生一世，吾已过三分之一有余，可叹！常感慨于世事太快，乱了吾眼，静思其因，非世事之快，实乃为兄惰懒，不思上进之果。纵观前三十年，碌碌无为，为汝榜帅之样，花拳绣腿，难以启齿。

　　汝小为兄七年，同胞手足之情，无以言表，唯将私心，深埋于吾心。想幼时汝吾二人，尽享乡间茅庐之乐，融融谈笑，或泥巴玩耍，或赴沟壑之间，或追逐打闹，或阅旧书，言罢，时光甚好！

　　人不可落于原地，在家父言教之下，汝吾弱冠，长大成人。乡野之陋，无法与市井霓虹相比，汝吾二人，多随先父躬耕于田野，间隙陪读，田地之间，亦有快乐。苦难生活，股流汗水，施与汝吾坚毅，果敢面对，难忘儿时之难、之苦！时至今日，汝吾亦要致谢农耕与山间，农耕给予汝吾强韧和坚定，山间给予汝吾磅礴和宽厚。

　　踏雪寻觅，求学路艰，自此之后，汝吾兄弟二人，各住一方，谋面甚少，唯国之节日偶遇，满是欢喜。至亲至浓，唇齿之间，诉诸不完。怎奈时

亲/情/篇

日短暂，又得分开，各奔前程。试想，时光倘能停滞，多好！吾与众友玩笑，曰：人活百岁，谓之高寿；活到百五，谓之王八；活过两百，谓之王八蛋。时光荏苒，怎能始终？人生一世，知己难觅，故而多想，吾弟非但亲人，更是知己，因在万事不决之时，可有与吾商议之人，汝乃为兄左膀右臂。

吾大学毕业之时，是为黑暗之日，先是先父不幸罹难，远汝吾而去，悲恸万分；再者洪水泛滥，殃及庄基，泡为废墟。不想甲申之年，大难重叠，突如猛兽，使汝吾束手无策。回望于祖母悲绝，母亲伤痛，汝脸色憔悴，作为家中长子，为兄能倾倒于此乎？吾心虽焦灼不堪，岂能此时慌乱，定心细思，定要撑起。

吾暗接先父之手，中兴家族大业。适时汝考入大学，吾不想为弟受此先父教书之职，断送汝一世幸福。吾心切齿，定送吾弟读完大学，兄婚姻大事，也可推后。为弟之聪，非他人可知，为兄心如明镜。时光流水，放眼望去，七年已过，时过境迁，快于易事。汝今年将要走出大学之门，幸于汝工作已定，走入真男子之途，可贺！

生活之艰，社会之学，非学校之能，应终生学习殆尽，故汝必持农耕品质，常忆苦思甜，时刻铭记先父谆谆教诲，镌刻于心，不能偏袒忘记。儿女之情，淑女之事，方可随缘，不能强求，宁缺毋滥，坦然面对，诚恳为之，勿要背上伤害之名，伤人伤己，不可求全，是为上策。须眉之事，尽可以事业为重，殊途事业，与之婚姻相伴，事业有之，婚姻亦有之，水到渠成。而立之年，婚姻之事，不晚矣！

社会之光，包罗万象，汝吾兄弟，社会一小卒尔，唯联手为之，大小之事，须臾商量片刻，方后为之，勿急功近利，适得其反。社会之学，方可放手一搏，拼搏不止，细思其究。家族兴旺，非一时可为，汝吾父辈，已拼将三世有余，才有此时。汝吾之手，创业之始，困难众多，难免于此。汝吾家族，既无世袭长辈当以提携，又无官爵俸禄留后可用，故唯有白手起家，自食其力，以享晚年。

诸葛孔明，有前《出师表》，亦有后《出师表》，为后人留下些许希冀，

爱，不能被忘记

为兄斗胆以儆效尤，使得汝吾醍醐灌顶，继续奔赴，中兴家族，不辱父命，万死不辞。壬辰春日，是为记。

2009年11月5日于西安永松路

亲/情/篇

开启孩提智慧的掌舵人

想起童年的点滴,心里面不免有点激动,因为我的童年是很幸福的。没有多少忧愁和伤感,在亲人的呵护里,慢慢地成长。从哭闹到牙牙学语,一直有至亲的关爱和帮助,他是开启我孩提时代智慧的掌舵人——我的父亲。

小时候的我,一直是在父亲的呵护下成长的。父亲是一名中学老师,对我管得很严,特别对我的学习和为人,抓得特严。父亲经常说:"严师出高徒。"父亲在我的身上煞费苦心,不断地教育,不断地培养,使我在不知不觉中慢慢成长。小时候的我,非常调皮,因这也挨了父亲不少的训斥,但他从来没有打过我。有一次差点挨打,得奶奶之庇护,逃过一劫。此事过后,父亲对我说:"当时我真的很生气,就想扇你两巴掌,以后在外面读书,要学会说话,不要打架,这叫君子善言如棒敲。"我当时反驳了父亲:"那你上次差点把我打了呢!"父亲笑了笑,用手轻轻地从我的头上抚过……我知道这动作的爱意,他怎么会舍得。渐渐地,随着年龄的增长,我也懂事了,听话了。

父亲是我的第二个启蒙老师(奶奶是第一个)。在我四岁的时候,父亲就开始给我传授知识,不是语文,而是英语。父亲是英语老师,我跟着

爱，不能被忘记

他牙牙学语，整天叨叨没完，也闹出了不少的笑话。父亲见到生活中的实物就教我用英语说，如狗念dog、钢笔念pen，等等，这些简单的基础英语单词，我瞬间就记了下来，这给我以后的英语学习奠定了基础。当时，我不懂得父亲为什么要给我教外国语言，心里小有抵触，因为这每天占去了我很多玩耍的时间，但现在看来受益匪浅。

孩提时，父亲经常给我说："咱们家是书香门第，你可不要给祖先丢脸，要好好学习，奋斗立业，做一番事业。"我当时怎么会懂得这些话，就默默地记在心里，慢慢地在成长中琢磨理解。如今想来，这句平实无华的话，是我动力的来源、奋斗的支点，因为这些话包含了许多重要的人生哲理和真谛。

父亲是个严肃而幽默的人，没事时总爱逗着我玩，说一些让人捧腹大笑的话，让我有时候听得乐不自禁，有一次一高兴，差点从床上摔下来。就是从那时起，我慢慢从父亲的身上学到了怎样与人很好地相处，调侃而不失礼貌，严谨而不失睿智，大方得体，张弛有度。

五岁那一年，父亲让我开始了艺术方面的学习，琴棋书画都有所涉猎，只是我当时累得要命，在奶奶的强烈要求下，父亲最后让我休息了一段时间。时间一过，我什么也不想学了，到现在什么技能都没有留下来，但是也有了一定的基础。奶奶的意思是：艺多不养人，学好功课就好了，功课本来就很费脑筋了。劳心者治人，劳力者治于人；治于人者食人，治人者食于人。我是家中的第一个孩子，奶奶不想让我吃苦，父亲也就此罢了，此事不再提及。其实我明白，父亲也心疼我，现在回想起来，父亲真是用心良苦。

六岁时，我上了小学一年级，因家在农村，我上学那会儿没有学前班。记得很清楚，我去学校的第一天，父亲把我叫到身旁，给我叮嘱道："到学校不要和小朋友打架，不要往家跑，听老师的话，上课认真听讲，不要哭，男孩子要坚强。"这些话在我幼小心灵的深处，打上了深深的烙印。我很听话地遵从了父亲的吩咐。年底，在班上的期末考试中，语文和数学都是满分，就因这父亲专门到街上给我买了一个很漂亮的文具盒作为奖励。我当时很激动，拿着文具盒看了半天，心里默默地说："父亲真好。"

时间过得很快，小学六年一瞬就读完了。随着年龄的增长，知识难度的提高，父亲每时每刻都没有放松对我的教育，而且他随着我年龄的增长和心理的变化，都会增添一些我以前不知道的新鲜知识，我当时认真地听，认真地学。是的，父亲的教育是全方位的。当我每次高兴地拿回奖状的时候，父亲会淡淡地一笑，什么也不说。等到第二天，他才会对我说："成绩只是暂时的，不代表将来，不努力下一次就不会是你了。"说着给我取出好吃的东西，算是鼓励。事物是变化的，没有永远的英雄，虽然我小学阶段大大小小奖状拿了不少，我觉得那些都是父亲给的精神食粮。

就这样，在父亲的指引下，我开启了人生的航船。纯真的童年也就这样过完了，父亲一手推着，一手拉着，玩的时候他陪我玩，学的时候他陪我学，给我人生的路上铺上了垫脚石，陪我开心地度过了我的童年。

2009年10月17日于西安城南阳阳国际

爱，不能被忘记

爱，不等待

他从一个遥远的小山村来，考上了一所大城市的重点大学。毕业后，他经过不懈努力，终于留在了城市工作。在城市里娶妻、生子，买了房子，虽然是按揭贷款，但也过得其乐融融。

父亲早逝，母亲没有再嫁。瘦弱的母亲，一边劳作，一边带着他，艰难地生活着。随着时间的流逝，他也长大了。虽然家里清贫如洗，母亲守着几亩薄地，但一向坚强的母亲发誓要供养他读书，让他有出息。

上了大学后，他很少回家。他想的是在外面通过自己的努力，给远在山沟的母亲减轻负担，几毛钱的电话，他有时候也舍不得打。母亲为了省下路费，也没有来看过他一次。就这样，时间在不经意间，到了四年后。其间，他回过家，那也是过年。而现在的母亲，已经是白发苍苍，没有了往日的精神。在他的记忆中，小山沟的记忆在慢慢地淡化，现代化的城市，充斥了他的大脑。

在学校的时候，他很上进，年年是学院的优秀学生，每年奖学金都有他的份。大学时一连好几个学期，他都在外面打工，一是挣点学费和生活费，二是自己想早早地去体验大城市的生活，好与这个城市接轨。他有一个远大的理想，就是尽快融入城市的生活，永远不再回那遥远的小山村。

大学毕业了，他找了一份相当不错的工作，工作的时候，他非常卖力，恨不得把全身的力气都使出来。他也常常告诫自己：因为向往，所以选择远方；因为无所依靠，所以必须坚强。吃苦耐劳的他，慢慢地得到了所在单位领导的赏识，他付出的努力也得到了应有的回报。

　　他工作很忙，常常因忙而没有机会回家过年。家里的老母亲，是他最大的牵挂。但身为单位领导的他，没有办法处理好彼此之间的关系，事业和亲情都重要，这个闹得他很头痛。他打电话给母亲，母亲总忘不了说几句鼓励他的话："孩子，你不容易，咱从农村出去的，要踏实，好好地干工作，这个很重要。"时常，他热泪盈眶，有时甚至嘤嘤哭泣，因为他明白母亲的处境。

　　在其位，谋其政。他是单位里的领导，以身作则，起到了很好的模范作用。在偌大的单位里，他的口碑很好。这是他没有想到的事情，这是他努力的结果。因此，许多时候他心里暗暗高兴一下，但不骄傲。

　　母亲永远是他的骄傲。工作之余，当夜深人静的时候，当他独自在外吃饭的时候，当工作面临困难的时候，他都会想起他的母亲，想起她无私的爱和那不厌其烦的谆谆教导。

　　母亲在一天天地衰老，他的事业如日中天。他由基层领导升至单位副职。许多次他都想把母亲接到城市来居住，但因为条件所限，一次次地延期，给远在家乡的母亲打电话的时候，总是底气不足。作为他的母亲，她怎么不明白儿子的心情呢？每当这个时候，母亲都要安慰他。等你有孩子的时候我就去，等你有房子的时候我就去，等你按揭贷款还清了我就去，等你……

　　时间在指尖上滑过，一瞬间五年时间过去了。这时的他，房子的按揭贷款还清了，工作日益顺畅，他终于下定决心把母亲接过来。而就在这时，老家打来了电话，母亲去了，永远地去了，临走时她依然呼唤着他的小名……

　　听到家乡传来的噩耗，他傻眼了，表情呆滞地在原地停了三分钟，终于，

爱，不能被忘记

忍不住内心的伤悲，他抱头蹲在了地上，痛哭了起来。一行行泪珠如线一样打落在地上，他明白，一切都晚了，真的晚了！

回到家乡，望着床榻上的母亲，他彻底沉默了，半晌硬是没有反应过来，神经快要崩断的他，顺势瘫坐在了床边的地上。他拉着母亲冰凉的手，看着母亲安详的脸庞，哭泣的声音时断时续，嘴里不停地念叨着："您……您还那么……年轻，您……才不到……六十岁呀！您……"但这一切都成为事实，此时的他显得很无助，也很无奈。

母亲在离开人世之前依然还在养鸡养猪，种菜种地，把他给的生活费都省下来，最后再给他寄去还按揭贷款。母亲平时身体比较好，可是前段时间却打电话说她的腹部隐隐作痛，浑身无力。但是他却没有重视，只是安慰了母亲几句，可是等到他想到的时候，却晚了，母亲已经走了……

事后，他不断地责怪自己，悔恨自己，但是一切的一切，为时已晚。他心里清楚，他的母亲，永远地离开了他，他不会再听到母亲善意的唠叨了。从此，母亲的身影，在他的记忆中留下一个印痕。母亲的亡故，给他留下一个深深的永远都无法弥补的、不能磨灭的心伤。

常言道："树欲静兮风不止，子欲养兮亲不待。"很多事情，都是在认为不可能发生的时候却发生了。生老病死是人世的轮回，本没有什么，但是，如果因为忽略病情而导致亡故的话，那么就让人终生抱憾了。

2008年8月11日于西安城南不息书屋

亲/情/篇

情感的缺失

又是一个周末，西安的天气和往常一样，依然和煦温暖。

今天学校放得特别早，陈喆也早回了家。偌大的桌子上，放着一张写满字的留言条，他放下书包的同时，拿起了那张留言条，出于好奇心，认真地阅读了起来。

他一边读着，一边想着：平时没有人给桌子上放字条这类东西啊，怎么今天……他没有想那么多，拿起来就读。

"喆子，妈妈上班去了，放学后你一个人在家吃晚饭，我晚上晚点才会回来，明天妈妈陪你吃早餐。晚饭后张老师要到咱家给你补课，你好好地学哦！"他看着妈妈给自己的留言条，心里多了几分埋怨："又是我一个人，你们都忙什么啊！"

陈喆的父母都是生意人，每天早出晚归，有时甚至几天都不在家。他只能待在奶奶那里。就这样，从小他与爸妈就有了情感上的代沟，整个人也变得寡言少语。

他一口气看完留言条，情不自禁地潸然泪下。"周末，别的孩子都有爸妈陪，我呢……"他一个人嘟囔着，言语有些模糊不清。

想着一周的紧张学习，周末也应该放松放松了，陈喆不由自主地坐在

爱，不能被忘记

了电脑桌前。在家，除了吃饭和学习，电脑几乎成了他最亲密的伙伴，他慢慢地迷上了网络游戏。

爸妈为了弥补对他的爱，每次他提出的要求，几乎没有被拒绝过，慢慢地，他养成了大手大脚的习惯。和父母在一起，吵嘴的现象也时有发生。

一天，妈妈下班回家，看见陈喆在电脑上，玩一种叫"魔兽"的网络游戏，便开口说了两句："作业做完了吗？家教老师来了没有？你看现在都几点了，吃过饭没……"还没等妈妈说完话，他便抢话道："没有，都没有，真烦人，你忙你的去吧！"妈妈一听这话，顿时气不打一处来，心想，我在外面打拼，不知为了谁，还不是为了你。

妈妈气愤地说："你和妈妈怎么说话的，我每次回来你就坐在电脑前，不做其他事情，而且家教老师今天和我联系好了的，不可能不来。"虽然妈妈很气愤，但她还是尽量表现得很平和，因为在她的内心深处，似乎明白了点什么。

"没有，就是没有啊，你让我怎么说？"陈喆辩解道。

"啪啪啪……"键盘继续敲打着。

"你过来，妈妈问你话呢，你就这态度啊！书怎么读的？"她气愤地说着，声音有些嘶哑。

陈喆转过身来望了母亲一眼，又继续玩他的游戏，根本没有理会母亲的意思。

"啪，我让你玩！"母亲关上了电源总闸。

"你在干什么？我马上就要赢了，真讨厌！"他不屑一顾地瞥了一眼妈妈。

妈妈气愤至极，"啪"一个耳光就扇了上去，"你这孩子，没大没小了，我白疼你了，哪有这样和妈妈说话的！"妈妈说话的嘴唇颤抖，全身也跟着颤。

"呜呜呜……"陈喆伤心地哭了起来。"呜……你们都不在家，让我干什么，除了吃和学，还有什么，都没有同伴和我玩，人家都和爸妈出去了，我不上网我干吗？呜……"他一边哭，一边小嘴不停地说着。

　　妈妈的眼睛湿润了，望着自己微颤的双手，整个身子犹如千斤般的石头，忽地蹲了下去，望着儿子脸上五个很均匀的指印，失声地啜泣起来："我的孩子，是妈妈不好，妈妈以后也天天陪你！"她双手紧紧地抱住陈喆，久久不愿松开。

　　陈喆望着妈妈的脸，双手为她轻轻地揩掉泪水，调皮地说："妈妈不哭，陪我就好，以后绝对不惹你生气了。"

　　妈妈温柔地抚摸着陈喆的头，眼泪在眼眶里打转，幸福洋溢在脸上。

2006 年 9 月 3 日于陕西师范大学

爱，不能被忘记

痒不起来的七年

　　七年，也许在历史的长河中，只是弹指一挥；七年，也许在一个人的生命里，只是一段历程；七年，也许在两个人的生活中，只是部分注脚。然而，回望七年，留下了许多的故事，但更多的是期待。

　　掐指算来，我与敏结婚已有七年。七年，我们一起携手走过，从出租屋到自己的房子，从两个人的世界到儿子的出生，从一贫如洗的生活到慢慢地殷实，经历了太多，感悟了太多。如今，我们平静地生活着，享受着由个体到群体，由单身到陪伴，由瑕疵到完整的整个过程。但我知道，要维系这个关系，是需要付出的，是要经过生活的历练和蹉跎的。

　　七年，在世俗人的心目中，是婚姻的一个坎，一个难以度过的关。可是，在我和敏的世界里，没有一点这样的感觉。我们与往常一样，一如既往地继续着生活。女人天生是个敏感的动物，敏也不例外。一次饭后，闲侃之余，她说到了夫妻七年之痒的话题，我淡然一笑，没说什么。她继而又说一些生活中的云云，我还是淡然一笑，只说了一句："好好吃饭吧！"当然，我心里是有话想说的，只是不想破坏吃饭时的和谐，也不想破坏了这种融洽的气氛。我想，我会找时间和她理论的。

　　晚饭后，我带着儿子和敏一起去了广场。一抹烧红的晚霞，将整个广场映衬得通亮。敏和我说起了她们单位里的一些事,很明显,她又是在旁敲侧击、蜻蜓点水地说夫妻间的七年之痒。

"扑哧!"我不禁一笑,"让我说什么好呢。我不是对你说过吗,这辈子我就你一个女人,什么七年之痒、八年之痛,我让它痒不起来、痛不起来,人生一世,能有几个七年?"抬头望了一眼眼前我爱着的这个女人,眼角的鱼尾纹,深了很多,原来光滑如玉的手,也不再那么细腻。我的笑容骤然而止,带着我的思绪,凝重而痛心。岁月是把杀猪刀,抹杀了青春,带走了光泽,瞬间流逝,镌刻了人生的印痕。

人是不能忘了根本的,也不能没了良心。敏,一直是相信我的,也一直是爱着我的。曾记得,2007年那会儿,我俩蜗居在租住的一处不足三十平方米的民房,而这后来就是我们的婚房,我们结婚的所有场面很简单,敏没有嫌弃。大学毕业才两年的我,没有多少积蓄,在拍婚纱照和买三金的事情上,敏毅然选择放弃,但被我挡了回来,我说这辈子我就结一次婚,不想留下遗憾。但所有的这些,不能遮掩我内心的痛,我知道女人需要什么,可当时我无能为力,整天在为生活而奔波,严格地说,我们当时是生活在城市边缘,垂死挣扎在温饱线上的打工一族。

随着时间的推移,我可爱的儿子出生了。敏怀孕期间,依旧没有停止作为人妻的责任,做饭,上班,一直到生小孩前的半个月。我很感谢她作为一个女人,为了我和即将诞生的孩子所做的一切。怀孕是一件困难而伟大的事情,这会给女人带来身体和心理上莫大的压力,但更多的是对新生命的渴望和期待。每天敏去上班的时候,我都会提前准备好一个苹果和两枚核桃给她补补,其实说得自私点,还不是为了孩子?还好敏怀孕期间反应不是很强烈,要不她会受很多的罪。预产期到了,我们忙东忙西,准备了一切需要准备的东西。敏有了临产的征兆,我们没敢怠慢,急忙去了医院,但被医生诊断为羊水早破,会影响到孩子的安全,进而会影响到敏的安全。我急了,如热锅上的蚂蚁,忙问医生有什么办法,一剂催生针打下去,敏还是没有明显的临产征兆。这可怎么办?主治医生和几个部门医生会诊,最终决定剖腹产。医生将我叫去谈话，要在"责任书"上签字，天啊，我看完就蒙了，所有的一切，没有医院的责任，当时就想，就这样签字画押，我难道要拿敏和孩子的生命开玩笑？我徘徊于医院的楼道，医生只给了一个小时考虑时间，因为第二天就要安排手术。不知所措的我，回产房望了一眼敏，犹豫再三，说明了情况，谁知敏坚定地说："听医生的。"为了敏和孩子的安全，就听医生的意见吧！我忐忑不安地走出产房，在"责任书"上战战兢兢地写下了我的名字。我给主刀医生说了很多好话，希望她第二天能给力，结果她一句："去吧，陪你爱人去，明天我尽力，就怕大出血。"一波未平一波又起，这句话犹如一块石头压在了我的心头。我该怎么做？没有办法，只能按照医院的规定，将第二天手术前要用的一切准备到位。就这样，带着要做父亲的惊喜，带着对敏的担心，我度过了一个难眠的夜晚。

第二天，我叫上了一位朋友，早早地守候在了手术室门口，来回踱步，手心里直冒汗。一个小时过去了，敏依然没有出来。在敏前面，已有两个孕妇手术做完，进了住院部。我有点急了，抻长脖子，隔着门缝，不时地向手术室里望去。但这一切都是徒劳，什么也看不见。约莫过了两个多小时，手术室的门开了，一位女护士抱着婴儿，喊着我的名字，说是个儿子。顾不上抱一抱自己的儿子，我让姑婆跟着抱婴儿的护士去了产房。再过了一会儿，敏被推了出来，我紧跟着跑了过去，一把拉住她的手，只见她额头上豆粒大的汗珠不断地滚落下来。我知道，生小孩对于女人来说，那是要命的事情，在鬼门关走了一遭。望着产床上的敏，我笑了笑，对她说是儿子。听到是儿子，她也淡淡地露出了难得的笑容，是的，她和我都喜欢男孩子。手术很成功，大人孩子都平安，感谢苍天！这次，敏对我的触动很大，她让我看到了女人的坚强、母爱的伟大。

七年了，我和敏极少吵架，在我的记忆里，几乎没有。在我看来，吵架是一件极其伤感情的事情。平日生活里，为了一些鸡毛蒜皮的小事，少不了磕磕碰碰，这就看你怎么去处理。在这期间，大事可化小，小事可变大，就看你以怎样的心态去面对。当然，情绪化的时候，不是处理事情的最佳

亲/情/篇

时机，不管大事还是小事。感谢生命里有敏，我觉得我们是上天安排的，不离不弃的爱。七年了，我们的爱是"痒"不起来的。

为了更好地生活，我选择了"北漂"。这个抉择是很困难的，谁人不愿享受"天伦之乐"，我又何尝不想与妻儿守在一起？但在某个时刻，某一段时间里，也是没办法的事情。我能"北漂"，是敏给了我安稳的保障，感谢她作为妻子对我的理解和牺牲。一年三百六十五天，我们在一起的时间很少，少到能数得清，包括结婚到现在的七年。我不是高富帅，也不是土豪，但我通过自己的努力和历练，一定能给敏安稳和快乐的生活，这就是我想要的。物随心转，境由心造，烦恼皆由心生，我想我只能将快乐带给妻儿。

时下，年轻人太要面子，毫不避讳地说，我也是。但我清楚，面子的事情是要有能力和资本的。我没有资历，也没有资本，我知道我的面子不值钱。不过我想，倘若现在太要面子，将来就没啥面子了。面子是自己给自己的，现在没那么在乎面子，将来你就会很有面子。谁都得从卑微开始，这就注定了要承受别人的冷眼和忽视。我时常告诉自己，现在暂时的低头不可耻，以后长久的抬头才可贵。

对于幸福，不同的人有不同的看法。依我看，幸福不是拥有多少，而是要看重已拥有的，看淡无法拥有的。如果刻意追逐无法拥有的，你会忽视本身已经拥有的，人生便永远活在昨天和明天，而不是今天。幸福原本很简单，只因我们过于较真，过于渴望得到不属于自己的东西，才让生活遍地烦恼。其实，当你身在烦恼中，幸福已被你踩在脚下。实际一点，才能幸福一点。

其实，多数境地里，女人的要求很简单，无非平静地生活，老公的不离不弃，孩子的健康成长，以及全家人其乐融融，敏也是。我常和她戏谑，说我们是榆木疙瘩一对对，这也许就是我们作为普通人对真爱的一点点认识吧！

时光荏苒，不分昼夜，七年很快就要过去了。敏，某一天你我暮年，

爱，不能被忘记

我愿偕你静坐庭前，赏花落，笑谈浮生流年。倘有来生，我们还是一对对。"痒"不起来的七年，我会让一辈子"痒"不起来。

甲午深秋，写在爱人敏生日之际，是为记。

2014 年 7 月 22 日于西安城南西部大学城

友 情 篇

人非草木

孰能无情

爱可以超越空间

超越界限

没有血缘上的任何关系

非亲人但有亲情般的爱

这种感情

是人世间的真情

没有经过任何的雕饰

友/情/篇

寒风凝雪望飞鸿

冬至后的古城西安，特别是在少了雨雪后，显得格外干燥，特别冷。

而就在这样的季节里，我的心却热乎乎的，犹如在冬日的火炉旁。今天，与一位散文作家有约，激动、期盼之情早已涌上心头。

我要见的这位作家，就是经常活跃于"榕树下""天涯""西陆"等文学网站，有三十余万字散见于各类报刊的吕虎平老师，笔名云中飞鸿。他出生于20世纪60年代的长安县，后定居在古都西安。

我们是在文学网"榕树下"认识的，缘于一次偶然的机会。看了他几篇文章后，因与我文章中有很多相似的地方，都有着根植于黄土的影子。从此，也就记下了一个名字——云中飞鸿。

后来，从一个朋友那里得知他的QQ，主动加了他，并邀他进了我的文学朋友群。在日后的几次聊天中，知道他和我是半个老乡，再后来，知道他也在西安，而且我们彼此上班的地方相隔不远。于是，我们见面的心情就更加迫切。

我在网上尊称他为老师，他淡淡地"呵呵"一笑。他的话极少，但都在点子上，可以看得出他的真诚与质朴。

我在QQ上主动给他留了我的电话，使我没有想到的是，他在极短的时间里，给我也留下了他的电话，而且说我们今天可以见一面。

因下班时间相同，我非常高兴地应允了，在得知他要送我2006年他的散文集首印本《棉花》时，我更是喜出望外，高兴至极。就这样，我们"约会"的时间地点定了下来：2007年1月22日晚5点，在我们所熟知的那个车站牌旁边。

还未见人，我的心便已七上八下，这年头坏人不少，而且打劫的更是常见，在晚上见面，是否危险？但我又很快地从乱七八糟的思绪旋涡中跳了出来，回想着我们当天聊天的内容，多种迹象表明，他不像。最终，我自嘲了一下自己，怎么老把人往坏处想呢！随后忐忑不安的心平静了许多，于是下定决心与他相见。当时的我想，万一有个三长两短，反正我穷光蛋一个。哈哈，真小人之心。

快下班了，突然接到一条短信，是他给我发的，说有点事情，时间有变，往后推迟一下。

晚上7点钟，是我们约见的时间，我匆匆地在一家砂锅店吃了点东西，就奔向我们相约的地点。无疑我是早到的，因车站牌那儿离我吃饭的地方很近。

在瑟瑟的寒风中，我不停地跺步，脖子不断伸向车要开过来的方向。7点零7分，他又发给了我一条短信，说大约还得等三十分钟。

望着一辆辆从我身边驶过的公交车，我有些焦急了。心儿又不自觉地徘徊起来……脑子高速旋转着，尽我最大的努力，想着他的轮廓。

当我再次看时间时，已快8点钟了，心中此时更是矛盾，乱七八糟的想法油然而生。我不觉拿出电话，打了过去，他说快到了。

很快，一辆的士停在了车站牌旁，下来一位高我一头的男子，乐呵呵地向我走来。我们握手问好，他连忙解释着来晚的原因，还要请我吃饭。

在昏黄的路灯下，我顺势看了他一眼，大约三十五六，头发直立，很帅气，轮廓清晰的脸上戴着一副很时尚的近视眼镜，显得特别有精神。这是我对他的最初印象。

友/情/篇

  我们说着话，慢慢地走在马路的一边，几辆我常坐的公交车从我们身旁驶过。我没有急于坐车回家，想给我们留点时间，因为我多想和他说会儿话。

  他一口的酒气，很显然刚喝过酒，但说话的时候很注意分寸，字正腔圆，一字一句，清楚地在我的耳际萦绕。和他在一起，他说得多点，这时候的我，在一旁静静地聆听。

  逐渐，我觉得他和我想象中的一模一样，真诚而质朴，从而，我的防范和戒备心瞬间消失了。我们愉快地交谈着。

  我给他送了我编辑的最新一期杂志，他很高兴地收了起来。随之，他从他的包里取出一本封面黑红，我还没来得及看清楚书名的书，取出笔签上了"党国俊弟雅正，吕虎平，二〇〇七年元月"几个字。签名送书啊，真是有幸。

  他说："给你的，我的新书《棉花》。"我接过连忙致谢，并答应他认真拜读。

  不经意间，我们已经走了两站多的路，他送我到站牌下，给我又说了他家里兄弟姐妹的事情，我很动容，为这份真诚。车来了，我们互相握手，挥手告别！

  上车后，我思绪万千，久久不能释怀。普天之下，两个从未谋面的陌生人，一个飞鸿，一个孤鸿，因共同爱好拉近了距离，人生啊，难得的缘分。

  他，既是我的老师，又是我的兄长，更是帮我前进的文友。人生有许多的想不到和惊喜，对于我，也不例外。感叹于飞鸿大哥年轻的心态，这是我第一个没想到；感叹于他帅气而年轻的长相，这是我第二个没想到；感叹于他表里如一的质朴，这是我第三个没想到。当然，还有很多，我没有发现的。

  在人生的路上，成长的驿站中，有幸认识这位老师，有幸他称呼我为弟弟，有幸拜读他的作品《棉花》的首印本。对于我来说，他不但是我的朋友，是我的长兄，更是我人生路上难得的知己。

爱，不能被忘记

  同出生于农村，很亲近，话题也很多。他的《棉花》我大概翻阅了一遍，很温和，内容有许多就是我身边的事情，就是黄土地本真的东西，以及那些活生生的乡下人朴素的情怀和生生不息的影子。当然，《棉花》我还没有细读，日后再论。

  如果问我在文章最后还想说点什么，我会毫不避讳地说："飞鸿大哥，你虽然大我很多，但一直会'年轻'，我们来日方长，日后品茶论书，有空再续。"

2007年2月7日于西北工业大学

友/情/篇

轻言柔语话"姝亦"

打开电脑,一张清秀的脸庞浮现在了我的眼前。这是我在瞬间捕捉到的一个画面,我将这个画面放在了电脑的桌面。柔柔地,电脑的右下方弹出了一个对话框,在橘黄色的灯光下,依然那样清亮。

"非常想念你,有段时间没有联系了,最近还好?这段时间我忙得不亦乐乎,上来的时间不是很多。"这是QQ对话框里的内容。看到这些,甭提当时我的内心有多高兴,激动的心情不言而喻。

虽然现在通信工具很发达,可我却不愿"言而无信",我觉得用文字更能表达我的情感和思念,以及我真诚的心。你们看,她来了。

"姝亦",又名"落寞梧桐",是"榕树下"《雀之巢》栏目的一位写手,评论团周五组的组长。对于她网名的来历,我了解不是很多,那就断章取义,姑且作以解释。姝,乃美好、美女之义;亦,也之义;"姝亦",乃美丽的女孩,美好的向往之义。其实更多的,我认为是她对生活的一种追求,对人生的一种期望。落寞,乃孤寂之义,实看是落寞,非孤寂也;梧桐,本为质轻而柔韧的乔木,实乃不断向上、坚强不屈之义。"落寞梧桐",一个宁静的名字,一个平和的称呼,这是她对生活的一种态度和不断奋进的精神。

爱，不能被忘记

在网络中，我呼她桐姐姐——一位有着美丽的外表和真诚善良的心，对生活孜孜不倦的人。和她的认识，源于"榕树下"的牵线，以及我们彼此友好的往来。

桐姐是一位漂亮的女人，已婚的她在平常人的眼中，很难看得出来。她年轻活泼得像个孩子，但对生活却有着沉静的思考和理性的判断，用朝气蓬勃来形容她，言之不过。她同样也是一个很有理想的人，只要有希望绝不会放弃。

至今，我和桐姐还未见过面，只是通过网络视频和一些照片相识。我每次看到她的时候，心里总是很温馨，有时甚至会激动得语无伦次。网络在大部分人的眼里，是虚幻的，是没有什么真实性可言的，但对于我，它是真的，是有感情的。我和大姐，通过网络，互相了解着对方，彼此传达着真情。

桐姐对于我，是亲情般的，是没有血缘上任何关系的亲情。这种感情，是没有经过雕饰的，也无法用华丽的词语来形容。

如今的社会，是一个快节奏的社会，每个人都为了生计而奔波，桐姐也是如此。但是一有空，她总会关心我，问候我及我的家人，时常呵护的语言出现在我的手机短信中。开玩笑是桐姐和我的家常便饭，但每次她都能把握住"度"，在幽默诙谐中谈笑。

桐姐和其他女人一样，极其细腻。但她的细腻，是一种轻松的细腻，这不但包括她的为人，也包括她的感情，总给我以温暖和舒心。

弟弟国华如愿以偿地考上了大学，桐姐为了表达她的心意，鼓励弟弟更上一层楼，不远千里，从湖北寄来一部MP3。望着这沉甸甸的礼物，我还能说什么，只能代国华弟弟笑纳，谢过并牢记着桐姐的这份心。"千里送鹅毛，礼轻情意重。"这个MP3不但寄托着桐姐的期望，更是表达着桐姐内心深深的祝福。我为有这样未曾谋面的好桐姐而自豪、而骄傲。

桐姐，弟弟只能用这温馨而略带苦涩的笔触，以及这平实无华的话语，记录下现实生活中的点点滴滴。看似流水账的语言显得有些啰唆，但我要说的是，唯有这样的语言，才能表达我的心。

桐姐，我是一个孤独的孩子，上无哥姐，又失父爱，仅小弟一人在家作为玩伴。小弟毕竟年龄小，知事甚少，谁知天上"掉下"了桐姐您，对于弟弟来说，犹如雪中送炭。在别人看来，多少会有些不解，认为夸张了点。是的，他们怎么会懂得，只有体会过的人才明白，才理解。

桐姐的轮廓是明晰的，形象是温馨的，就在我的心里，虽然未曾谋面。这样的感情，用多少的语言，都难以诉说完。所有的思绪，弟弟只能用一首诗作以诉说：高山流水，诉说着几千年的典故——知音，润天下几何人士之心泽，循多少实意若环无端，承昔之鉴，受今日之梦，让你我携起双手，托起明天的太阳，筑起友谊的长城。

外一首：秋风扫过，落叶归根，丢下了落寞的枝梢，翘首以盼，梧桐更兼细雨，点点滴滴，是真诚的心；遥望孤鸿，迎风沐雨，踏雀枝，诉说真情，语语丝丝，是拳拳的意。

桐姐，我相信我们会见面的，就在不久的将来，我在古城长安为您送去问候和祝福，期盼与桐姐相见，翘首以待。

2007 年 10 月 27 日于陕西师范大学

爱，不能被忘记

过去和永远

　　2006年9月17日，是一个特别的日子，也是一个值得纪念的日子。时钟上的时针和秒针在不停地旋转，慢慢地与我拉近了距离。9月17日，就快要来到了。这一天，有着"两个人的故事"，有着永远的祝福！

　　2005年12月，在"榕树下"的《雀之巢》栏目，我结识了一位大姐。我们同在"永远的周二组"，我们的相见，偶然中有着必然，我们一起评论，一起谈笑。她，就是可亲的、人见人爱的"过去和永远"。

　　初次聊天的时候，我对她的网名很感兴趣，但不知道对她的这个网名怎样诠释，在我的内心深处，好奇心不觉油然而生。每个人的网名都是有一定缘由的，"过去和永远"也是。我打趣道：过去者，已不复存在也，只是记忆中的一个程序；永远者，包括现在的和将来的。两者既是统一的，又是矛盾的。我不清楚她网名的真正用意，心里想自己理解的肯定有偏颇，直到一次她给我讲了一个关于她的故事，我才深刻地体会到了不只是我理解的那些。原来我曾经历的痛和伤，她也经历过。"过去和永远"，不仅表达了她内心深处的人生观和价值观，更是定位了她对生活的态度和追求。

　　我有可能是个唯心论者，不但相信缘分，而且也相信命运。"过去和永远"让我有种很亲近的感觉，我们虽未谋面，但是以这种看不见的方式，

友/情/篇

互相沟通着彼此的心声，传递着人世间的真情。

　　人生路上有许多的坎坷和羁绊，也有着许多的不幸和徘徊。幸福，对于大部分人来说是一个温馨的词语，也是一个渴望的事情。可是，一场无情的意外，将这两个字变成了我心口上永远的两个窟窿，任我如何填补，仍于事无补。是她，在不断地开导着我，虽然远隔千里，但情意浓浓。我认为互联网是个好东西，给我提供了便捷，也给我提供了倾诉的地方，通过无线的信号和强有力的电波，传递着我们的情感。每当我和她聊天的时候，电脑上的每个字是温柔的也是温暖的，我时常不禁眼中闪着泪花。

　　我们平时的谈话很随意，跟亲姐弟一样。就这么一根线，将我们连接在了一起，我要感谢网络。

　　今年，离过年很近的一次聊天，我至今难忘。那是2006年1月19日，我们和平常一样，闲侃无异，她突然问起了我家的详细地址和联系方式。我当时有点纳闷，一个只是网络上的朋友，问我这个干什么，有问题吧？一个很大的问号在我头脑中浮现。结果她发过来这样的信息："快过年了，我给奶奶和妈妈寄点年货过去，也尽尽自己的孝心嘛！"我迟疑了两分钟。"怎么，你不愿意吗？"我当时很忐忑，有点兴奋，深感意外，也很"不安"。我心不禁猛地抽搐了一下，真正的亲戚也未必这样做，还不要说是一位未曾谋面的人。我抱着试试看的态度，慢腾腾地在写字框内将老家的联系方式敲了上去，间断地停顿了几十秒，抱着"不安"的心情，发了出去。但我通过平日的聊天推测，她不是"坏人"。现在回想起来，都快笑掉牙了。

　　2006年1月28日，也就是农历腊月二十九，我收到了她从上海寄来的年货，一个平整的箱子，严实地包裹着。我知道她是快递邮寄过来的，因为上海离我家很远，平邮不可能在年前收到。望着那个漂亮的箱子，我硬是忍住了泪水的溢出。我不能哭，应该高兴才对，人生的路上，多了一位大姐，这是多好的事情，而且她是那么善解人意，那么地体贴入微，那么地疼爱我。那一刻，即使箱子里面什么都没有，我也满足了，认识一位

爱，不能被忘记

这样的大姐，值得。那一天，是我终生难忘的日子。

我和她最爱开玩笑，没有拘束感。一次，我对她说："我听说你们上海男人很小气，是吗？"她说："不是上海男人小气，我看是害怕老婆。"其实，我和她QQ聊天，更多的就是这种恬淡式的闲侃，但不乏乐趣。

她就是这么简单，心里很宁静，永远保留着一份爱心和童心，这也许就是她对生活的一种态度，以及对人为什么活着的一种诠释吧！

我和她在QQ上嬉皮笑脸过，心灵对话过，这也许就是人们常说的："真情是简单的，没有半点的附加品！"可是，我要说的是，不管过去，还是未来，她永远都是我的大姐，我人生路上永远的朋友。我们的感情，是纯真的，也正如她的网名，是永远的。

大姐，快要到您的生日了，请允许我，为您送去最真诚的祝福吧！祝福大姐生日快乐，青春永驻，永远幸福！

2006年8月25日于陕西师范大学

友/情/篇

"家"的味道

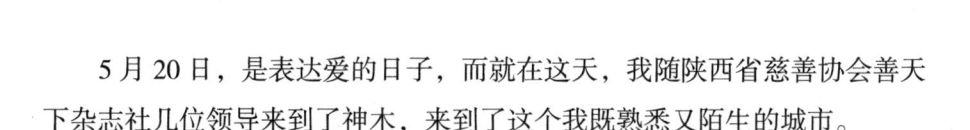

5月20日,是表达爱的日子,而就在这天,我随陕西省慈善协会善天下杂志社几位领导来到了神木,来到了这个我既熟悉又陌生的城市。

说熟悉,因为这里曾经是我的"娘家",也是我的"家"。这里有与我一起并肩奋战的同事们、朋友们,还有我尊敬的各位领导们。曾经的过往,历历在目,怎会忘却?说陌生,是因为神木新村变化太快,快到我几乎认不出来了。昨天,我再次回到了恒源,家的味道,一点没有陌生感,也不拘束,自然而亲切。这天,因5月20日而变得很有纪念意义,其实,我的内心也是这样想的:恒源,我爱你。

我是一个恋旧的人,晚间信步来到神木新村水景公园。感叹于恒源集团周围环境和配套设施改变得如此之快,也感叹于恒源集团董事局主席孙先生作为一个民营企业家前瞻性的战略眼光。在这个快节奏的世界里,恒源集团能取得今天的成绩,作为集团公司曾经的一员,我只想说:真不易,太难得。

散步时,遇到了老同事,上前握手,无话不说,语聊不止,相见甚欢,这份情,很难舍。常思,人一辈子能活多少年,每一次相遇,都是缘分。曾经的过往,不是只有回忆,更有成长的记录。我们,在有限的时间里,做好有意义的事情，不断充实自己，历练自己，实属不易。

　　我常和陕北的朋友说我是关中的陕北人。我喜欢陕北这片热土，喜欢这里的人，喜欢这里的厚重和质朴。在这里，我学会了陕北话，和这里的朋友打成了一片；在这里，我完成了我的散文《两个母亲》《这条路，从白天走到黑夜》等文章，后来都发表于《延河》杂志；在这里，收获了友谊，历练了我，给了我人生路上不少的滋养。我没有理由拒绝这里，我也没有理由不爱这里。

　　人要懂得感恩，也要常怀感恩之心。我坚信，人无感恩之心，一辈子无友，事业也不会做大。在这里，我除了感恩，还是感恩，感谢恒源集团领导们、同事们过去给我的厚爱和关怀，感谢他们的谆谆教诲和无私帮助。今日，再次回归，久久不能释怀……

　　神木，记忆难忘，刻骨铭心。恒源，家的味道，亲切依然。

2020年5月21日凌晨于榆林神木新村恒源国际酒店

友/情/篇

春暖花开时遇见你

  阳春三月，秦岭以北乍暖还寒。刚换的衣服，抵挡不住冷风的侵袭，不经意间，生病成了自然而然。相信，和煦的阳光，还会回来。

  后疫情的时代里，一不小心就会感染。是的，疫情还远没有结束，即使偶尔有，也得提防。新冠疫情断断续续三年，改变了这个世界，也改变了我们的生活。人与人之间，通过电子设备互相问候，成了生活中的常态。

  网络很神奇，也很便捷，它拉近了两个人之间的距离，也给陌路人认识和交友提供了可能。在这个浮躁的社会和虚拟的环境里，遇见容易，相知很难，彼此懂得更是不易。所谓的话不投机半句多，也许就是这样的道理。

  某一天，如果两个人在网上，在万千人中相遇了,有种相见恨晚的感觉，且有绵绵不断的细语诉说，不易，也很难得。因为在这个快节奏的社会里，交友和过日子一样，聊天也要选对人，互相感觉舒服自在就好。而在暖春的日子里遇见，就要去呵护，去包容，去理解，去温暖，且行且珍惜。即使有时两人默默不语，一个微笑，一个神态，一个眼神，相望欣然，也是一种默契。

  朋友间相处，简单到互不取悦，彼此守信守时，真诚以待，深懂不累，惬意安心，这便是最好的状态，最舒服的模式。春夏秋冬，日夜交替，一

爱，不能被忘记

　　一个转身，又是春天。而我，在这个季节里遇见你，惬意无比。你笑着，站在那隐隐的桃林间，羞赧着手轻拈一枝桃花，让思绪生出美丽的荒漠，让心灵皈依在互懂的篱笆内，望红尘，淡然以待。或许，你在这岁月中走过时，心有流云，爱有方向，摇落一山一树，任花瓣打湿心事，你仍修炼自己，不枉芳华，只想淡泊名利的怡静。

　　游走，是你的爱好；爱美，是你的常态；纯善，是你的本质。其实，这都是一种心情，一种清新自然的情愫。遇见你，春有凉意，这是否惊醒了你的初心，又是否在你的心田里种上了花。我知道，你会有温暖的思念，肆意刻骨的呐喊，沉默升华的历练，因为遇见你，是一场感动。

　　遇见，让你淡然回味，落寞如风，但又珍惜如一。你深情地望着我，浅浅地笑，羞涩难当。你诸多的情怀，随春的风缓缓流动，这不是心情，而是心境，留在你心上的，是这个季节，那脚步，那人，那心。

　　你是一个淡然寡欢的女子，常喜欢远离尘嚣，感受清净，在心灵与自然相通的绝妙境界中，除去万象的羁绊，简单到一无所求。你常携一颗寡欲清欢的心，静坐花开深处，贴身亲近自然，想那人、那情、那遇见。你的眸子里，温润清澈，全是爱、全是情。那些花事，萦绕在你的思绪里，涤荡神情，你只想，在这种无人的空旷里，倾听那鸟语，静闻那花香，安然地在风中体味光阴。

　　时光的沙漏，在晨起暮落间流失，凉薄与凄寒早已浸透暖春，而你，却仍愿逗留在我们的遇见中开心着，只是想让心灵多滞留一丝如初的纯净，可以安稳地休憩，再筑一方心城来安放心灵，将纷扰屏蔽于心墙之外，让至情至性的灵魂，有一个可以停靠的温暖港湾，不物质，不强求，能够自由随意地释放心情，诉说衷心，最后再深情地说一声：遇见你真好。

　　你是一个有主见，果敢而淡然的女子。午后的时光，你手持一杯清茶，有着繁华过后的内敛，安之若素的淡定。人生蹉跎，千般滋味，只有己知。在这个浮躁的社会里，你不想再品出太多的执着，只想在茶香中，不急不争，于人间烟火中与有趣的灵魂简素相遇，安放思绪，寻找诗意，体悟人生。

打开阳台门，忽然有春风扑面而来，你被那娓娓道来的故事，深深地吸引和感动，惬意而舒心。生活中，你喜欢简单大方，也喜欢给自己的人生做减法，更喜欢天然雕琢，自然诉说，简约到直击灵魂深处。你不想咬文嚼字，故作深沉；你只想留住春风，留住故事，留住回忆。

春天，万物复苏，生机盎然。在春暖花开时遇见，在四季轮回中互知，在人生练达里互懂，不易。春的温度适中，不躁不急，你与暖阳为伴，打理晾晒着你的思绪，只为在繁华都市里宁静自己。遇见你，静若处子，动若脱兔，常寻一方净土，与自己喜欢的人一起尽享大自然的恩赐。这样的历程，是一次清欢，一种韵致，一场禅修，一种生活方式。你更想在一路红尘中，不染不争，安然岁月，温润地过好每一天。

遇见你，都是美好。你优雅的举止，彰显着你的生活品质。时光匆匆，悄然易逝，谁都不知下一秒会发生什么。活着，就珍视每天；求索，就历练学习；喜欢，就坦然以待。在匆忙的光阴中，不懈怠，不强求，守一份静默的岁月，努力做好自己，素雅从容，让心灵常驻善意，静心洗却凡尘，淡然安顿心境，把生命的雅致提到极点。

相由心生，物为心造。一念放下，万般自在。人到中年，追求的是品质，是意识契合自然的完美，不再执着万象，不为难自己和别人，心清则静，心静自明。春暖花开，柳絮荡漾，闭目感受，阳光和煦，清风柔婉。我们一起，拾一段光阴暖心，剪一窗风景怡情，观一池湖水静心，这便是遇见你时，人生中最美好的清浅岁月。

2022 年 4 月 2 日于西安城南墨宝斋

遇见你，遇见文

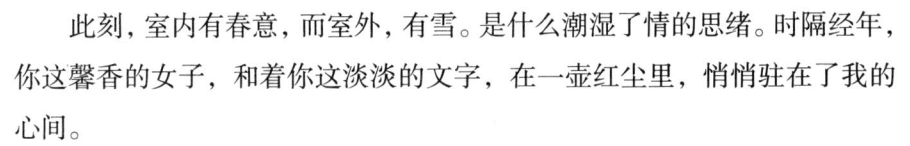

此刻，室内有春意，而室外，有雪。是什么潮湿了情的思绪。时隔经年，你这馨香的女子，和着你这淡淡的文字，在一壶红尘里，悄悄驻在了我的心间。

光阴，荏苒不息，一年又一年，从我的笔尖缓缓流走。四季的轮回，只是刹那。有些风景，还未来得及欣赏，却已成了昨天相册里的剪影；有些缘，还未细细品味，却已成过往。如此，你不必诧异悲喜。也许，在这不经意间，却丰盈了这一场修行。

你在尘埃里，放下了繁华的尘世，早已释怀；你在安稳笃定的岁月里，始终保持着内心的淡定与从容。在时光的交错中，你努力地找寻着属于自己内心的温润。你想以一种禅意的心境，去面对人生。素雅拙朴，林泉高致，无论风起雨落，你都会携着人生的安暖，让缕缕幽香，飘着梦想，走向人生五彩绝美的终点。

时光的沙漏，在晨起暮落间流逝，也许丢失了最初的纯真。季节的气息，早已尘封了往昔的安暖，却仍愿逗留在自编的童话里幼稚着。只是，想让心灵多滞留一丝如初的纯净，可以安安稳稳地休憩，而后筑一方心城，好安放心情，让至情至性的灵魂，有一个可以停靠的港湾，能够自由随意地释放。这或许就是你的发心，将那些个纷纷扰扰，屏蔽在了初心之外。

在纷繁的光阴里，你与影对望，也沉醉其中，浅笑淡然，品味清欢性情。懂得，名利都是梦，最终都会在沉浮和漫长的岁月之中沉淀，芬芳人生。你静坐在茶桌边，看着滚烫的沸水中翻卷舒展的叶，一片片，浮沉舒展，丰润凋落，散发着淡淡的清香，也许生活中的滋味，尽在其中。嗯，你懂得，这就是你心中的那个心灵清澈的人。

岁月赋予的点滴，都是生命的旅途风景，千回百转，喜忧参半。我喜欢在这些有得失的岁月里，与时光结伴而行，与你同在，穿越那干湿浓淡的日子，心却静如止水。流年，在脉络里若隐若现。午后，有雨雪敲窗，仿佛某个过客，哦，不是过客，携一份快乐途经旅程，让我心忽然生出一种莫名的思绪，你是否赠予一弦清音，与我相伴时光。

浓淡干湿，笔墨温婉，拂去尘世的潮涌，你只用时光的琉璃盏，以一颗平常心，盛一束温馨，吟几句诗词，聆听岁月的清欢。在这寻常的日子里，你简单、平和、淡泊、安宁，淡然而笑，释然而对，以素简的姿态，落笔这一方苍穹，如此方能遇见最好的时光，最好的自己。

弹指间，心明了。我顺手拈一指尘沙，洗一身浮华，让有爱的文字，在岁月的长河里留下一抹淡香。望秦岭，巍巍依旧；阅文字，和谐淡然；看红尘，静默如初。回眸处，你笑了，只言片语，高山流水遇知音，勤谨和缓行路途，且行且珍惜。

明月不孤我，诗声万古流。我翩翩而来，盈握了一份珍惜和懂得，只为与你，自然自在、快乐悠然地走过这一程。

2022年2月21日于西安城南润心斋

爱，不能被忘记

这座城，冬有安暖

　　岁月不经，蹉跎年华。那年，你拖着疲惫的步伐，开始了撕心裂肺、漫无目的的游走，心里极不情愿。怎奈生活和你开了个玩笑，这个玩笑，太沉重。

　　你是一位内心柔软细腻的女子，一直珍重世间尘缘，不想轻易放弃遇见，因为你懂得，来世的一瞥，又何止回眸五百年。一路走来，在岁月的千回百转处，你只想清清凉凉、朴朴素素、一抹清香，简单明净于心灵的角落，温润心田，滋养灵魂。

　　不得已，怕市井太吵闹，你身处一隅，只为清静，不论风雅景致，还是怡然自得，偶尔的一刹那，你也会拙朴得心生欢喜，用一杯清茶，洗去岁月的童话，一身的风尘，只为暖一路岁月红尘。

　　爱过了，走过了，伤心了，看开了，淡然了。你从不后悔一路走来的选择，你热爱着生活，丛生薇薇，心田间，全是暖暖的阳光，新鲜的空气，青绿的小草，你很幸运，世间有这么多自然给予的恩泽。

　　忆往昔，你从生来一无所有，到体验过的那些日日夜夜，欣赏过的那些春暖花开的美丽，经历过的那些春夏秋冬的更替，你的内心，更明白了花有再开时，却再也无少年的道理，你也没有了年轻时的憎恨与仇视，懂得了经常微笑。因为你看到了那些时时对你微笑的人，也让你学会了用微笑去施恩于他人。你的教养、你的善意、你的果敢，成了你生活的一种习惯。

城市的霓虹，冲击着岁月，洗刷着过往的印痕。你只想，觅一方净土，笔墨人生，暂且做个闲暇客，静观流水飞花，让光阴的流沙、水色的年华，在指尖流淌。是的，时间不等人，没有人会在原地等。回望时，所有的年华，你来不及凝眸，都成了不堪剪的烟花。

静谧处，你守一份安然的岁月，只想把生命的雅致，丰满到极点。逝者如斯，不舍昼夜。你把所有的精力和时间，排满在空间，携一笔从容，写下那些让人动容的文字。你想让时光的底色，纯洁至留白处，修炼身心，驻善意，洗凡尘，品味真人生。

世间每一道风景，都不是多余的，无不美丽，就看用怎样的目光去审视。这座城，如梦如幻，浮现眼前，开启了你心底的初梦，虽清幽处独享，红尘中空谷绝唱，却也悠悠人生，恰似落花有意，如梦初醒后，自在归途山水间。

疫情按下了出行的暂停键，却阻挡不了春的步伐。伸手打开窗户，忽然有清风扑面，惬意而舒心，温煦而和谐，这是自然对我的诉说吗？这座城，太过简约，却直击灵魂深处，你直率清雅，不想咬文嚼字，也不想故作深沉，你只想，直接落笔，留住故事，留住回忆，无论是那些记忆，还是那些斯人。

岁月清欢，儒雅淡然。你望着我笑了，不欺人，不弄人，不与人争，不被打扰，从容地用手中的笔，真性情地表达自己，使自己眼眸温润，心灵清澈，灵魂纯粹。而后，再去寻找理解，寻觅知音，诠释在珍惜中用心去体会的每寸光阴。

笔墨人生，笑望古城，有你，有温度。这座城，我的城，冬有安暖。

2020 年 1 月 18 日于西安城南墨宝斋

爱，不能被忘记

温暖，应当是个动词

　　她是一个怕冷的女人，在她很小的时候，就已经有了这个习惯。她最大的心愿，就是嫁给一个给她温暖的男人。

　　她嫁他的时候，他一无所有。租赁的一间极其灰暗的民房，就是他们的洞房，他们的家。两张桌子一把椅子，算是他们比较大的家当，再加上杂七杂八零碎的东西，就是他们的全部。每当有朋友来家，是他俩最犯愁的事情，逼仄的房间，坐下来就不能走动，走动就不能坐。

　　两张桌子是多功能的，白天写字吃饭用，晚上合并起来，铺上被褥，就构成了他们的爱床。等到第二天天刚亮，他们迅速地将桌子再拉开，又开始了新一天的生活。这样的生活是冷清的，但是有他在，她不觉得冷，也不觉得冷清，幸福的笑容时常洋溢在脸上。

　　他俩继续着这样艰苦的日子。过了五六年，渐渐地，他出息了很多，身上的零花钱也多了起来。他们按揭贷款买了一套房子，六十平方米，比原来的大了许多，豁亮了许多。两人把房子收拾得井井有条，一尘不染，躺在自家的床上，那种满足和幸福，无与伦比。再后来，他成了名编辑，换了工作，许多媒体都邀他去做事，房子也比原来的大了许多。但在她的心中，还是当初租赁的那间小屋，能带给她无比的幸福和快乐。

友/情/篇

　　出了名，他的应酬也多了，偶尔外出不回家，是时常的事。有时出外，他也带上她一起去，但更多的时候，还是她一个人独守空房。儿子寄宿在学校，周末才回来一次。她内心无比失落，经常感觉空荡荡的。特别是夜幕降临的时候，她更感觉空旷，怕冷的她早早地就一个人蜷缩进了被窝。

　　他知道她素来怕冷，于是就给她买了许多取暖的设施。但漫长的夜晚，加之冬日寒冷的风，怎能暖热她落寞的心！她一个人常常在深夜被冻醒。躺在被窝，她的心里好似打开的五味瓶，鼻子一热，流下一串晶莹的泪珠。

　　到了中年，他的名气更大了，比原来的应酬多了许多。一年的时间，他有三分之一在外度过，回家的时间少得可怜。为此，她在心里也埋怨过他，但一想到他热爱的工作，也就罢了。他明白她一个人在家的寂寞与孤独，两三天就会给她打一次电话，而且都是在晚上，因为没有谁比他更明白她的性格。电话中，他多数都说的是一些安慰和抱歉的话："我很快就会回来，我……"这样她很感动，许多的时候，她"发怒"的话到嘴边也就咽了回去，她知道他也不容易。一阵缠绵后，他们手中的话筒，久久都不愿放下。

　　后来，他出去的时间终于少了下来。一次，他在事先没有通知她的情况下，突然出现在她的面前，那一瞬，她呆了，好像凝滞在时空中被点了穴的人，扬起的手在空中停了很久。就这样，两人相视无语。她猛地扑到了他的怀中，双手撒娇地捶打着他的胸。

　　"回来也不说一声，死东西！"她的脸紧贴在他的胸口上，有点娇嗔地说。

　　他憨憨地一笑："这不是回来了，人家想给你一个惊喜嘛！"他柔声柔气地回答道。

　　"那你还走吗？"她用怀疑的口气问道。

　　"不走了，我要留下来陪在你的身边，一直到天荒地老。"他坚定地说。

　　"啊嗯，太好了。从此我再也不怕冷了。"她好像一只轻盈的燕子，蹦跳地拍着手说。

爱，不能被忘记

　　他微微地转过身来，将她拥入了怀中。顿时，幸福写满了她那红润的脸庞。

文章刊登于《闺房》2008 年 5 月

友/情/篇

菜合子里的爱

　　每天早晨上班,都要路经一个狭窄的胡同。冬天的早晨,天气晴朗也好,变脸也罢,总会有一股风从这条胡同吹过。胡同里的行人稀稀拉拉,偶有几个匆忙的脚步,交叉着从我的身边走过。

　　在离胡同口不远的地方,有一对知天命的夫妇,他们在寒风中站着,轻声地叫卖着:"菜合,菜合哦!"这是他俩在寒冷的冬天里最温暖的和鸣。女的穿着极其简单,一身灰白色的衣服,高挑的个头,头发绾得老高,却有一支很精致的簪子从绾起的头发中穿过,不失端庄质朴,看起来也很干练。可是她的丈夫,就没有她那个"样子"了。矮小秃顶,裤子穿得皱在一起,不知是没有提起来,还是过于长。两个人的脸上,始终洋溢着笑容。

　　"菜合哦,刚出来的热菜合哦!来,快,来一个呗……"女人极热情地向街道上过往的人吆喝着。

　　女人刚停止叫卖,她的丈夫就跟着喊了:"走南的,闯北的,刚出锅的热菜合哦,包你这次吃了,下次还想着。"男人声音洪亮,激情昂扬。

　　两个人一唱一和,甚是默契。在停止叫卖后的间歇,他们彼此望着对方,有说有笑,很幸福的样子。好像这个寒冷的冬天,对他们而言,永远都是爱的春天。

爱，不能被忘记

　　女的一边揉着桌子上的面团，一边和一旁的丈夫交换着眼色，眉目传情。虽然生活不易，岁月刻在了他们的脸上，但他们脸上总是洋溢着笑容，给这个寒冷的冬天赋予了温暖，诠释着什么是爱：看似简单平常，但很幸福美满。他们对生活的态度，夫妻间爱意的传递，以及对生活的热爱，全部凝结在一个个的菜合中。

　　在得知这个一高一低、一胖一瘦的老年夫妇是下岗工人的时候，我深深地被感动了，因为在他俩的身上，不仅有着积极的人生观和价值观，更是有着通过劳动所得的欢喜。这种对人生、对爱情的态度，作为旁观者，我很是钦佩。

　　在没有行人的时候，他们仍旧做着准备，把用油煎过的菜合捞出来放在一旁，等待下一个顾客的到来。夫妻俩一边聊天、一边继续着手中的活儿，从没有停下来。这种质朴的爱，让人艳羡。

　　西北风仍旧吹着，冷不丁使人打个寒战。风中的那对老夫妻，又叫卖了起来，继续着他们的小本生意。他们用娴熟的动作，包着一个个菜合，一年四季，以这种简单的方式，永远包裹着朴素的恩爱。

2007 年 1 月 12 日于西安城南瓦胡同村

感 悟 篇

人生一世，活着不易

面对现实

我们要学会接受不完美的自己

学会给自己安慰，给自己温暖

在困境里独立

生活不是只有温暖

人生的路不会永远平坦

但只要有信心，懂得珍惜

世界的一切不完美，你都可以坦然面对

感/悟/篇

孤独的滋味

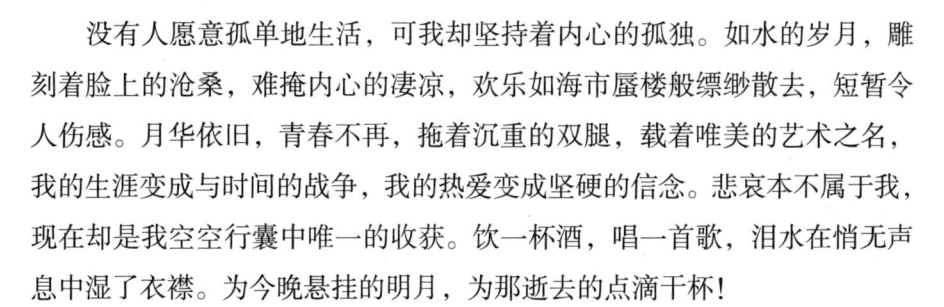

没有人愿意孤单地生活，可我却坚持着内心的孤独。如水的岁月，雕刻着脸上的沧桑，难掩内心的凄凉，欢乐如海市蜃楼般缥缈散去，短暂令人伤感。月华依旧，青春不再，拖着沉重的双腿，载着唯美的艺术之名，我的生涯变成与时间的战争，我的热爱变成坚硬的信念。悲哀本不属于我，现在却是我空空行囊中唯一的收获。饮一杯酒，唱一首歌，泪水在悄无声息中湿了衣襟。为今晚悬挂的明月，为那逝去的点滴干杯！

月挂天端，万物归静，远方传来了熟悉而悠扬的乐曲，它穿透了时间的帷幕，将我带回到纯真青涩的年代，于是我忘了即将离别的哀伤，眼中有了重新的信仰。

慢慢地，我习惯了这种生活的气息。在冷落的深秋里，下着雨，不禁遥望故乡，烟雨中朦朦胧胧一片，是思绪的影子。一个人，呆呆地、傻傻地，还是望着，不知缘于什么，竟热泪盈眶了。滚烫的泪珠跳出了眼眶，热热地灼伤了我冰冷的脸，落在了指尖上，轻轻滑落，与黄土和雨水交汇在了一起。

时间就这样在孤独中逝去，我也在不知不觉中慢慢变老。难道我就这样下去吗？我多想吟诵我心中的孤独，我多想唱我自己这《流逝的歌》：我就

爱，不能被忘记

是这样浪费着生命，在没有阳光的地带里，我聆听着重金属的音乐，没有刺耳的感觉，也没有其他的反应。我不知道自己痴迷于什么，也不知道自己的路在何方……

撩起无色的衣袖望去，我木然了，麻木顿上心头，我不知道自己在做着些什么。冰冷的手，不知放在何处是好。掩饰不了的愧疚，早已飞出了内心，冷漠地落在了灼热的灯管上，有些暗，有些黑。

想着离经叛道的我，没有了思维，拿什么来诠释自己，没有固定的结论。河边的草，依然青青，傍晚的街道，依然灯火通明。

回忆的鼓点落在了我的心头，敲打着属于我的岁月，彷徨而徘徊，迷惘而落寞；叩响我无声的铃铛，思绪没有了尽头。

拾起目光，拾起记忆，尽在不言中。痛苦、悲哀，划破了我内心的安静；向往古圣贤们的智慧，但时时落空，成为抹不掉的痛影。由青青绿叶到衰叶残败，走过了一个多么凄惨的过程。

没有记忆的风，没有记忆的雨，多好！灼伤我的现实，尘封起来了吗？唤回属于春的种子，和着徐徐的微风，找回青春的麦苗。我要振作，我要努力，我要奋斗，将孤独变为一种动力，变为一种期盼。

2005 年 11 月 9 日于陕西师范大学

感 / 悟 / 篇

渴望读书，不枉年华

近日，一组照片再次映入我的眼帘，也许我看到的只是部分，也许还有更多，我想是。那组照片看完，很现实、很难忘、很痛心、很凝重。瞬间，五味杂陈的碎片、感情，喷涌而出。而也就是这些，彻底撕裂了我的记忆，那段被尘封已久的岁月。

翻阅照片，想到了自己的小时候。那时家庭条件不好，在我的记忆中，过年是最快乐的时刻，因为那时才有些许的油水可享。平日里，粗粮已是最好的营养，白面馍馍少之又少。在这个渭北旱塬的农村，大家完全是靠天吃饭，风调雨顺时还好，但歉收的情况常有。

再看照片，对照小时候的自己，农村没有什么条件，弟弟那时还小，我时常和小伙伴们一起玩耍，和尿泥，或爬树……除此之外，再没有什么像样的娱乐活动。一个人在家时，要么发呆，要么傻玩，偶遇父辈们传下来的、已被翻得皱皱巴巴的各类书籍，大有收获，喜出望外，爱不释手地捧在手中。那时老家农村未通电，煤油灯是儿时黑暗中最闪亮的光芒。这种光芒，一直陪伴我到小学毕业。记忆中，从舅家拿回来的贾平凹老师的那本中篇小说《古堡》，是我阅读的开始。

小时候，山区老家交通欠发达，信息闭塞，书是儿时除了好吃的之外，

爱，不能被忘记

最有营养的物质。土窑洞是最温暖的家，而能有几本课外阅读的书籍，那是极其奢侈的事情。身边的同伴，因家庭贫困，辍学的人很多，我也差点被遗弃在辍学的路上。我深知我们那一代人对上学的渴求，潸然泪下时，不是因怕没了吃穿，而是怕没了学上。每当看到身边的伙伴们辍学在家干农活，我心里总不是滋味，聪明的他们，已被贫穷剥夺了求知机会。我常常将我读过的书与他们分享，而每当这时，我都会感慨：我是幸运的，苍天在眷顾我。

儿时的冬天，和我一起学习的伙伴，手脚都会被冻紫、冻伤。手工做的棉鞋、棉袄、棉裤、棉袜，是那个年代的温暖记忆。但这些装备，若遇雪天，特别是在雪融化之时，已无御寒之力，棉鞋早已湿透，冰冷包裹了脚丫。

上高中后，一切都好了起来。再后来，上大学，来到城市，楼房、汽车，太多的物质景象，充斥了我的眼球，如过电影般，快得来不及仔细阅读。如今，平静的生活，一切安然。可是，小时候的那段艰苦日子，刻骨铭心，终生难忘。

最后，我要说的是，人应常忆苦思甜，更应知足而行，坦然面对现实，活在当下，热爱生活，做好自己，感恩、努力、历练、勤勉、务实地面对每一天，方不枉此生。生活不易，且行且珍惜。

一篇文章，一组照片，抛砖引玉，醍醐灌顶，诱思后人。我们不但要向前看，也要学会往后看。我们的身边就有许多故事，让生活在城市里的人不可思议，但事实上的确存在，无可厚非。

审视生命，忆苦思甜。前进的路上，我们应该珍惜当下，热爱生活，珍惜生命。

珍惜，历练，学习，永远在路上。

2017年8月4日于西安城南墨宝斋

感/悟/篇

我是农民的儿子

　　出生、成长和启蒙在农村,这就是农村给予我的一些简单的生活轨迹,但就是这些,给了我无尽的营养。

　　黄土高坡交错纵横的沟壑,像劳动人民脸上的皱纹,深深地印在了我的心中。他们朴实善良的行为,使我终身受益。他们生活得虽然艰辛,但喜悦经常挂在脸上,很质朴,很自然。我喜欢这样一句话:"人类的历史,一直是在不毛之地上走过的。"

　　我的身上,流淌着农民的血液;我的口中,吮吸过农民的乳汁;我的胃中,藏着农民的粮食。而这些,给了我生存的基本养料。

　　农民的许多生活习惯使我动情,吃饭时要用最大的碗;吃完饭用手在嘴上轻轻地一抹、一揩,从不用餐巾纸;走在路上手拿着鞭子轻声哼着山曲;采摘果子很少用梯子,双手将树一抱,双腿紧夹树干爬上树摘取;裤腿挽得老高,说这样干活带劲……这些恰是他们生活的真实写照。而我,就是他们其中的一个,自然也承袭了他们很多的生活习惯。

　　蹲着吃饭,在农村常会看到。蹲,这个习以为常的动作,与我的生活渐渐地结下了不解之缘,也在我的身上打下了深深的烙印,不可改变,也无法抹去。直到现在,"蹲"这个稍有点难度的动作,在不经意间,我就做到了，因为它早已根植在我的心里，也记忆在我的身体上。

　　大学时，同学们笑我穿的衣服像道袍，一身衣服穿了再洗，洗了再穿，直到衣服的布料褪色泛白，但是过后，同学们都投来理解的目光。我在他们面前，从来没有掩饰过我从农村走出来、我是农民的孩子这一事实。

　　农村是我儿时的乐土，相比现在的生活，我更喜欢待在农村，即使农村现在还比较贫瘠。我深感农民的朴实、诚信和自立才是最宝贵的品质。这种品质，在目前这个浮躁的社会，更加难能可贵。

　　我是农民的儿子，地地道道的农民的儿子，我不以我是农民的儿子而自卑。当命运之神把我抛入谷底时，我认为也许这就是人生腾飞的好时机。积极的人像太阳，照到哪里哪里亮；消极的人像月亮，初一十五不一样。心态决定我们的生活，有什么样的心态，就有什么样的未来。

　　我是农民的儿子，和广大普通的农民一样。

2006 年 4 月 7 日于陕西师范大学

感/悟/篇

《雀之巢》，一个温暖的"窝"

2005年，对于我这个涉世还浅的大男孩来说，有着太多的辛酸，也有着丝丝的温暖。喜忧参半，喜在"榕树下"《雀之巢》栏目中，忧在生活。

2005年，既是我大学毕业参加工作的一年，又是我一生最为悲伤的一年。慈父意外地离开，让我明白了什么是责任，什么是负担，更让我明白了亲情的难以割舍。

为了亲情，我选择了留在西安工作。惨淡的岁月，在我指尖上无情地滑过，我被无情的日子摔得很远很远。父亲去世后，我的情绪低落到了极点，工作之余，为了打发空虚的时间，我将触角伸向了一个温暖的文学园地——"榕树下"。

2005年11月中下旬，我经"故园"大哥引荐，进入了一个以中年人为主，且在"榕树下"很有名气的《雀之巢》栏目。这里几乎都是文学爱好者，大家因热爱文学走到了一起。我深知我来《雀之巢》的目的，是为了抚平自己心灵的创伤，只想在这里用文字来完成对爱的思念和超度。这里的大多数人，几乎都是我的父辈和大哥、大姐们。他们的真诚、坦率、热情、大方，时时刻刻影响着我、感染着我，给我滴血的伤口敷上了软绵、温暖的"药"。慢慢地，我喜欢上了这个"家"，也给自己找了个"团队"——《雀之巢》栏目周二组。为了让别人好识别自己，我还给自己起了一个"鸟名"，美其名曰：孤鸿远走。

因"故园"大哥在周二组，我也跟着进了同一个组，想着有什么不懂的事情可以请教他。在我看来，这里我只有学习的份，应该向各位前辈们学习，向他们虚心请教，学习他们身上的优秀品质。和他们的每一次对话，都会让我受益匪浅。他们很真诚，经常教我一些写作的方法。

不久，令我受宠若惊的事情发生了，《雀之巢》栏目领导们经商议，将我安排在了周二组评论副组长的位子上。这在当时确实让我有点意外，我更多的是担心自己干不好这个差事。工作在传统纸媒的我，对网络文学有把握吗？我当时心里真的没底。经多次谈话，最后"赶鸭子上架"，此事确定了下来，和我搭档的是一位可敬的大姐，昵称"飘叶儿"。

既来之，则安之。既然答应了做这件事，那就要想尽办法，解决问题，克服困难，努力做好。在很短的时间内，我了解了《雀之巢》栏目的一些简单情况，同时进一步了解了周二组的基本情况。于是，我和叶儿姐进行了长时间的交流，就我们周二组如何做好评论交换了意见，也和周二组的同人互相认识了一下，算是做了一个简单的磨合。

因在传统媒体做编辑，"一窗月色"大姐和"故园"大哥想介绍我进《雀之巢》栏目做编辑，这个我心里更没底，着实考虑了很长时间，最终还是答应了下来。很惭愧，没有能尽心尽力。我感动于《雀之巢》栏目里的编辑们，特别是那些在凌晨编稿的编辑老师们，他们不辞辛劳的敬业精神令我敬佩，难以忘怀，值得我学习。

我在《雀之巢》栏目发表的第一篇文章是《一个人的平安夜》——我的爱情宣言，当时得到了编辑推荐。编辑我这篇文章的是陈国庆大哥。他的《编者按》是这样写的：柔情虽似水，佳期却如梦。远走的爱情宣言，能牵扯姑娘的相思。他的情思像开了盖的一瓶美酒，让谁来与他共饮这一杯？一个人的平安夜，有点孤寂，有点无奈，更有点温馨。那饱蘸相思的笔墨，诗意的语言，能引起更多年轻人的共鸣，拨动更多青年人的心弦，故而推荐。如此精确到位的《编者按》，可见国庆大哥的文字功底和认真态度，同时从一个侧面也反映了《雀之巢》栏目的情况——高手如云。这更使我对《雀之巢》栏目有了进一步的认识，因为在我投这篇文章前，心里忐忐忑忑，最后本着"初生牛犊不怕虎"的心态，总算"冲"了一回，《雀之巢》栏目伸出了温暖的双臂，我激动而热烈地投入了她的怀抱。

第二天再看自己的这篇文章时，已有了三十多条评论，而且个个语言精彩到位，热情洋溢之感又一次向我扑来，滋润着我苦涩的心。我感动于那些评论者，感谢他们诚恳的意见和建议，以及对我的支持。此后我在《雀之巢》栏目发的每篇文章后面，几乎都有他们的评论，以及他们亲手辛勤耕耘过的"字迹"，每一个字都洒下了评论员们的汗水。他们是认真的，也是辛苦的。对于他们辛勤的劳动，我只能表达最真挚的问候和敬意。如此一来，更坚定了我留在《雀之巢》栏目的信心。

在《雀之巢》栏目，尽是一个个鲜活的影子，犹如在身边；在《雀之巢》栏目，尽是一个个善与美的结合者，得体大方。在这里，一份份依依不舍的情缘，令人牵肠挂肚。众人形象，犹如过电影般浮现在我的眼前，让我终生难忘。

值此《雀之巢》栏目创办三周年纪念之际，我有好多话要说，对于《雀之巢》栏目的感情，是剪不断的；对于《雀之巢》栏目的发展，我会持续支持。

生日快乐，《雀之巢》栏目！你永远是文字爱好者心灵的栖息地，情感的升温窝，我会把你放在内心深处，一直爱着你。

2006年1月16日于陕西师范大学

爱，不能被忘记

纹枰对弈，乐而忘忧

　　知晓围棋，因其是国粹艺术"琴棋书画"之一，又是中国传统"八雅"之一，以往我对围棋的认识，只是停留在书本上的简单知识，而真正深入了解围棋，是从结缘长安天弈围棋学院开始的。

　　有一天，上小学的儿子对围棋产生了浓厚的兴趣，我尊重了他的选择，给他报了名。为他教授围棋的这个学院，就是长安天弈围棋学院。

　　经过半年的学习，儿子的围棋水平长进不少。在这个过程中，我不仅对围棋有了许多感悟，也一回生两回熟，认识了天弈围棋学院的创始人和掌门人赵科学先生，我们彼此之间也熟悉了起来。

　　有一次，我邀赵先生来我的书画工作室墨宝斋喝茶聊天，他说他也喜欢书画艺术。书法和围棋同为国粹艺术，我们之间的话题便多了起来。那天下午，我俩聊了很久。作为围棋学院的掌舵人，围棋已经融入他的生命。从他的话语中，我能感觉到他身上的能量，以及他对围棋的钟爱，那是一种难得的自信。赵老师为人谦和，心胸坦荡；说话不紧不慢，不愠不怒，给我留下了深刻的印象。他满脸温和的笑容背后，透着睿智。我想，这些都是他从围棋的静心修养中所悟所得的，也是围棋长时间对他滋养的结果。

　　围棋是社会的产物。它能融入我们的生命之中，使人陶醉其间，领略

感/悟/篇

到人生美好的东西。围棋反映了先民对自然的观察和思考。子分黑白，棋有方圆，纵横十九道，周边七十二，总计三百六十一个交叉点，天元位居中央，东南西北四隅。这正与自然暗合：天圆地方，昼夜轮回，四季更替，一年三百六十五天，春夏秋冬二十四节气、七十二物候。"物换星移几度秋"，人与自然，在黑白天地之间生生不息，和谐共处。围棋的游戏规则就是一种自然的法则。黑白二色，轮流着子，先后交替；没有尊卑，无论贵贱，民主平等，互相尊重，隐喻着你和我，男和女，老与幼，在这个纷扰的尘世和谐相处。

围棋作为国粹，是一门开发人心智的艺术。许多时候，有些人指责下围棋是没事干在玩耍，这是不懂围棋的庸人之见，其实围棋是一门高品位的艺术。围棋的奥妙，是难以言尽的；只有爱之愈深，才能悟之愈彻。围棋，充满魅力，既可消遣休闲，又能陶冶情操，使无数人乐在其中。纹枰前一坐，工作的劳累、世事的缠绕、心情的烦躁，都可烟消云散；你的喜怒哀乐，会随着棋局的变化而变化。对于围棋的描述，有诗云：

无声无息起硝烟，黑白参差云雨颠。
凝目搜囊巧谋略，全神贯注暗周旋。
山穷水尽无舟舸，路转峰回别样天。
方寸之间人世梦，三思落子亦欣然。

围棋里，充满了奥秘。黑子白子，可以演绎出无穷的变化。正因为围棋棋局变化多端，才有"千古无同局"的棋谚。围棋是智力的较量、思考的艺术，是一种智力搏斗，是一种以智力为表现形式的体育竞技，故人们称其为"智力游戏"。围棋里，有金戈铁马、短兵相接的鏖战，有运筹帷幄、决策千里的谋略，有陈尸原野、血流漂橹的悲壮，有红旗一卷、直插山峰的胜利喜悦。棋局摆开，有深谋远虑的布局，有生与死的搏击，有风云变幻的形势；有时腾挪变化，险象环生，有时风平浪静，一马平川；一会儿顺境，一会儿逆境，一会儿双方僵持，妙手连发，可以挽狂澜于既倒，而一着不慎，则又前功尽弃，满盘皆输。对棋局的把握，离不开弈者的思考力、想象力和洞察力等智力因素。有人称围棋是一门综合艺术，含有军事、数学、哲学、天文、体育等多学科知识，不无道理。智力平庸者，走不出好棋。

围棋的悠闲恬静与文人墨客的闲情逸致非常合拍，所以我国古代不少文人都钟情于围棋。他们在高山流水旁、古洞茅舍里摆开棋局，一边呷着佳酿，一边拈起棋子轻轻落下，那份悠闲自得、物我两忘的神态，令人好生羡慕。

围棋是一种能陶情养性的高雅艺术，闲时若手谈数局，会使工作的劳累烟消云散，精力、体力得到较好恢复。下围棋是一种很好的休闲方式。围棋使淝水大战时的谢安显涵养，使《红楼梦》中的林黛玉消愁郁，使金庸笔下的大侠们添情趣……咫尺纹枰，区区数子，饱藏玄机，吞吐万象，演绎着人生的悲喜剧。

下围棋就是悟，感悟激情搏杀的美；感悟运筹帷幄、决胜千里的智谋美；感悟精确计算、细密推演的算路美；感悟下棋人那种正襟危坐、沉静悠然的儒雅美。这种美让人觉得心胸开阔，总览全局，心系一处，气定神闲，宁静以致远，超然而脱俗。这种氛围的长期熏陶，可滋养出下棋人雍容大度的气质。同时，下围棋要有灵动的思想、空蒙的心态，心无旁骛，物我两忘。围棋的得失、取弃、进退、动静，充满了哲学辩证。圆圆棋子为天，方正棋盘为地，天道在上，棋道在下，交叉点就是对弈的人行之道。一盘棋天人合一。老子说："道生一，一生二，二生三，三生万物。"一盘棋你来我往，一二三四，千变万化。信也，围棋之道！

书法是我的爱好，围棋与书法本根同源。书法讲究运笔连贯，笔断意连，围棋强调思路协调，动静相携；书法着重笔势顿挫，围棋要求行棋有次序有过门；书法要领提气运气，而气更是围棋的生命之门，有气则存，无气即亡；书法追求构思排布，围棋构思更是贯穿于全盘的每一阶段。书法是优美的作品，围棋则是极品。

棋如人生，无论是棋局还是人生，都不能把结果看得过重，重要的是要把过程做到极致。一个好的过程是值得认真回味的，只有好的过程才会有好的结果。如果没有好的过程却有了好的结果，那只能说是偶然。人生和棋局都会有偶然，但我们却不能把希望寄托在偶然上。世事如棋。越是在事业即将成功之时，越是切忌畏首畏尾，患得患失，止步不前。生活也是如此，要心平气和地看待名利和荣辱，进退要求得平衡。在一帆风顺时，要想到遭受挫折的可能性，时刻做好接受前进道路上各种严峻考验的准备，最终实现自己的人生目标。当身处逆境、遇到坎坷时，不能灰心丧气，要依靠顽强的意志，通过自己不懈的努力，克服各种困难，战胜人生道路上的各种艰难险阻，到达胜利的彼岸。

人生如棋，静中有动，动中有静。围棋作为中国传统国粹艺术，好处实在太多，它既可以使一个人的逻辑思维更严密，专注力、记忆力更强，又可以使人做事有全局观和空间概念意识，陶冶情操，提升智慧。当然，围棋对孩子们的好处，那更是多多。围棋可以开发孩子的智力，有利于孩子集中注意力；培养孩子独立思考、独立解决问题的能力和积极向上永不放弃的精神；陶冶情操，培养孩子的创造力。

围棋是一个人得益一生的爱好。人的一生如果没有爱好可想而知是多么的可怕。千变万化的围棋以及独具魅力的胜负世界，不仅让人一生都爱不释手，同时让人得到的心悟和教训都将会对爱好者的一生产生积极而微妙的影响。

纹枰对弈，乐而忘忧。对于围棋，我是局外人，以上言语，只是我个人的粗浅认识，但我想，作为国粹艺术，它和书法一样，可以使人修身养性，静心怡情，这点是相同的，也是相通的。

最后，祝长安天弈围棋学院在赵科学先生的带领下，越办越好，更上一层楼。

2019年9月14日于西安城南墨宝斋

爱，不能被忘记

春节寄语

春节是中华民族的传统节日，是一个欢乐祥和的节日，更是中国人一年中最隆重、最盛大，象征团结、兴旺，对未来寄托新的希望的佳节。

春节的历史很悠久，它起源于殷商时期年头岁尾的祭神祭祖活动。古代的春节叫"元日""元旦""新年"。清宣统三年（1911年）辛亥革命后，采用公历纪年，以公历元月1日为岁首，将农历正月初一正式定名为春节，沿用至今。漫长的历史岁月使年俗活动内容变得异常丰富多彩。其中，那些敬天祭神的迷信内容，已逐渐消亡；那些富有生活情趣的内容，像贴春联，贴年画，贴"福"字，剪窗花……却被人们在生活中广泛流传。

传统意义上的春节是指腊月三十的除夕和大年初一，但是人们从腊月初八的腊祭开始，到正月十五止，都在进行一系列的节日活动，送岁迎春，其中以除夕和正月初一为高潮。我们所说的春节活动，大致可以分为三个阶段：准备、庆祝、闹春。准备活动有祭祖、扫房子、买年货、舅给外甥送核桃，以及腊月三十贴门神、贴财神、贴福，贴对联，挂大红灯笼，吃团圆饭，放鞭炮，除夕"守岁"等；庆祝活动一般有吃饺子、蒸年糕、吃团圆饭，晚辈向长辈拜年，全家到亲友家贺年等。很多地方新女婿要到岳父母家中拜年，亲友第一次见面时，说"恭喜发财""过年好"等吉祥话互相拜年，给孩子们压岁钱等；闹春活动有舞狮子、耍龙灯、演社火、逛花市、赏灯会等习俗活动。这期间花灯满城，游人满街，盛况空前，直到元宵节结束。

我国是个多民族的国家，除汉族外，还有满族、瑶族、蒙古族、壮族、白族、高山族、赫哲族、哈尼族、黎族、侗族等十几个少数民族也有过春节的习俗，只是过节的形式更有自己的民族特色，更韵味无穷。

春节到了，就意味着春天将要来临，万象更新，草木复苏，新一轮播种和收获的季节又要开始。人们刚刚度过冰天雪地草木凋零的漫漫寒冬，早就盼望着春暖花开的日子到来，当迎接新春之际，自然要充满喜悦载歌载舞地欢度这个节日了。

让我们尽情享受春节带给我们的欢乐，感受春节中的民俗和民俗中的春节带给我们的祥和吧！

文章刊登于《西部民俗》2005年12月1日

爱，不能被忘记

我被隔离的日子

10月24日晚9时，我刚回到家不久，手机铃声就响了起来。拿起手机，来电显示是一个陌生号码，是接还是不接，我犹豫着，因为下班后我很少接听陌生电话。

手机铃声还在响，按照以往的经验，如果是骚扰电话，不接的话三十秒后对方就会挂断，但这次不一样，手机铃声执着地响着。我想了想，估计是有什么重要的事情，于是就接了。对方是西安市防疫中心的，说我是新冠C类接触者。我瞬间有点蒙圈，想着自己最近也没外出，而且四十八小时内做了两次核酸检测，怎会成为C类？防疫人员告诉我，和我一起做核酸检测的人中有一人确诊，我是已确诊患者的密接者，以她为中心，前十人和后十人都要被集中隔离一周时间，让我准备一下，晚上就要去酒店。

晚9时40分我离开家，打车到工作室，简单地准备了一下，晚10时25分出了工作室，晚10时50分上了防疫救护车，晚11时到了隔离酒店。酒店门口，排了不少人，每一个人都要做严格的消杀和登记，才能进入。酒店外，时不时有防疫救护车呼啸而来，停靠在离酒店不远的地方，车上下来的都是需要隔离观察的C类，人数的确不少。大家排队做完核酸检测，进行身份验证，再由专门的防疫志愿者带到楼上，每人一间房，进行集中隔离。

感 / 悟 / 篇

　　25日，是集中隔离的第一天，早餐很丰盛，鸡蛋、牛奶、水果、面包、小菜，应有尽有。上午10时，测体温做核酸一次。午饭是米饭，三个炒菜一个汤，搭配很营养。下午3时，再进行一次体温检测。晚饭有稀饭、水果、炒菜、馒头。晚饭后三十分钟，统一喝医学中心配制的清肺中药。一周时间下来，每天三顿饭，每人一袋，放置在隔离房门口的小桌子上，防疫人员敲门自己去拿，天天如此。

　　隔离的一周时间里，每天除了吃饭之外，看电视和看手机占据了我相当多的时间，偶尔会拿起笔写几段话，或写一篇文章，但总觉得写不好。写作的事情，需要灵感和性情，不想动笔的时候，我一般都不会去作文，硬着头皮写出来的文章，难有精品，难有灵魂。

　　隔离的日子，我几乎与外界失去了联系，有短信和电话的时候，简单地回复一下，没有往日的喧闹。我不想给家人和身边的好友带去担心和恐慌。在这个特殊的阶段，尽量保持冷静，毕竟一周时间，对于在自己工作室待习惯的我来说，不是问题，也没什么，很快就过去了。

　　自去年新冠疫情发生以来，世界经济不同程度都受到了重创，国外许多国家危机四伏，人们因疫情致贫致困的不计其数。而我国，全民在党和国家的领导和统一指挥下，全力抗疫，众志成城，用我们中国人的智慧，在很短的时间里，将疫情消灭在了可控制的范围内，使人们恢复了正常的生活秩序，为世界抗疫做出了很大的贡献，这在世界上不得不说是一个奇迹。

　　更关键的是，我国在对待新冠疑似病例的问题上，统一安排，集中隔离，确保每一个被隔离者有饭吃、有地方住，而且多数都是免费的，政府统一买单，这在世界其他国家，是少有的。我为生长在这样一个国度里而骄傲、而自豪。

　　这次集中隔离，更加激发了我刻苦学习、不断奋斗、努力向上的决心，更加坚信了我能用自己手中的笔，写出这个时代需要讴歌的人们的故事。

2021年11月30日于西安城南润心斋

爱，不能被忘记

一个人的平安夜

又一个平安夜来了，过了平安夜，就是圣诞节。圣诞节是连接两个黑夜的走廊，过了这个圣诞节，日子依旧。明年这个时候，一样的节日，还会来。

昔我往矣，杨柳依依；今我来思，雨雪霏霏。

当习以为常的相思变成难熬的怀念，当平淡无奇的拥有变成无助的奢求，方才惊异于不知不觉地逝去了很多。当时光蜕变成思念，再带着纯真的意念去寻求时，是否依然激情澎湃？当离别铸就了永恒，再带着复杂的心情追忆时，是否依然狂放不羁？

爱情，沧海桑田，只好无奈地把它当作一种消遣。对于有些男人，也许是，但是我，做不到。孩子，也许是生活中全部的寄托，但空虚的心灵怎能得到她们的理解。女人的心，谁懂？女人的情，归何处？我一直在难眠的思绪中寻找，寻找自己的真爱，但好像总是与之擦肩而过，分道扬镳。懂得珍爱的人不知在何方，我不断地反复吟唱着属于我的歌，属于爱情的美丽。手里拿过一本舒婷的诗歌集，不经意间又看见了那篇《致橡树》，给了我爱的更多的理由。每个女孩原本都是凝固的水，只是在爱的温巢里才慢慢地融化；每个女孩最开始都是美丽的天使，只是在泪流后才变得更加果敢；每个女孩起初都是温柔似水，只是在受到深深的伤害后才变得冷漠坚强。我不理解我的初衷，我是真的不懂得爱吗？

女孩需要悉心呵护，也需要偶尔风趣幽默，真正的爱建立在默契的基础之上。女孩的心思只能慢慢地去猜，不能急于求成，那样的人是鲁莽英雄。女孩有时难免会耍一些小脾气，男孩要学会用博大宽广的胸怀对待，会容忍她。在融洽的气氛中，你会发现她原来是那样的可爱。女孩有时候会有一些莫名其妙的想法，但有一点，原则性问题绝对不会让步。所以，我觉得两个人在一起，默契是最好的状态。女孩有时候说分手，你怎样认为呢？就看态度了，难道这其中没有试探的心理吗？如果男孩一激动，说不准事情就坏了，倘若换另外一种方式，再试试看。爱与被爱是一个人的权利，任何人不能干涉。

真正的爱是不会屈服于物质的。当利益摆在面前的时候，就看你怎样对待了，这也是验证真爱的时刻，物质层面的东西只能给人带来一时的欢娱，如果因物质选择离开，那说明一开始就没有真爱，这样还不如不爱。物质和精神在同一天平上，物质人可以创造，精神是人类思想里更高的境界，这样说精神比物质更重要，物质是人虚荣心的根源，没有物质是不行的，但人如果没有精神的支撑，即使物质充实，也是皮囊好看，行尸走肉。所以，物质和精神都重要，但相对而言，精神的富有才是真正的富有。

爱与被爱是没有任何理由的。平安夜来了，带着久久的思念和那几回梦里缠绕的爱，心里不能平静。大街小巷，满是圣诞的色彩。我一个人静静地伫立在无人的旷野，望着疲惫不堪的自己，极难受。圣诞节很快就过去了，一切依旧，往事尘烟，继续向前。

年华易逝，不枉芳华。于是，我拿起手中的笔，记下了心里想要说的话："喝醉的风，摇曳着海边的水，轻轻地吻着你的唇，温柔地抚摸着你沉睡……"

2005年12月24日于陕西师范大学

爱，不能被忘记

悲情平安夜

要说去年的平安夜里有着许多希冀的话，那么，今年的平安夜又回到了孤单，而且更多的是悲情的怅惘和伤感。

曾经的自己，豪言壮志，凌云不羁，以一篇《一个人的平安夜——我的爱情宣言》哗众取宠，苟活于世。但回归现实，总是多些无奈和无助。一个人的平安夜，淡淡的伤心。

西方的节日在中国，有着许多全新的内容，只是其中的意境大致相同——快乐与你相伴，新年的脚步与你相邻。

街上的人很多，给寒冷的夜晚增添了许多温暖的气氛，年轻的人们，笑着，走着，穿行在大街小巷，释放着属于他们的年轻的躁动，将夜晚中的冰冷从身边驱走。

情窦初开，中国的青年把这样的节日，看成了中国情人节外的第二个"情人节"。围绕钟楼，东西南北的四个城门内，警察在天还没有黑的时候，就全副武装上阵，实施全面戒严。等到晚上八九点，钟楼的周围，人头攒动，摩肩接踵，根本不见车的影子。有的地段，人与人之间想随便挪动一大步，难上加难，这可急坏了性急的人。大学时，这是常有的现象。

不过今年，我选择了逃离，将自己一个人关闭在那间小屋，来品尝一个人的孤独。在我的心里，全是安静，没有一点的喧闹，也容不得嘈杂。我知道，唯有这样，自己才会顿悟，才会明白以前不懂的情感。

窗外的礼花在空中绽放，映射着许多的斑斓，将平安夜的上空装扮得特别耀眼。突然，隔壁邻居的房间里传来了一曲凯丽·金的萨克斯曲《回家》，优雅地敲打着我烦躁的心。伴随着音乐，我不禁想起了舒婷的《致橡树》，那种不假雕饰的真情，不得不使我动容。

人应该有所追求，也应该奋斗不止，这不仅对于事，也是对于情。在很多的时候，人不是没有勇气，而是没有了精神。常常迷惘于情感的边缘，最终离不开拳拳的善心。好事孬事，一切随缘，看不尽红尘滚滚，览不完世情绵绵。

是自己的，就是自己的；不是自己的，永远不是。刻意地去追求，成功的概率太小。悲情平安夜，属于孤独的自己。过去的已经过去，没过去的即将过去，但愿一切都好！

2007 年 2 月 8 日于陕西师范大学

爱，不能被忘记

"地铁"情缘

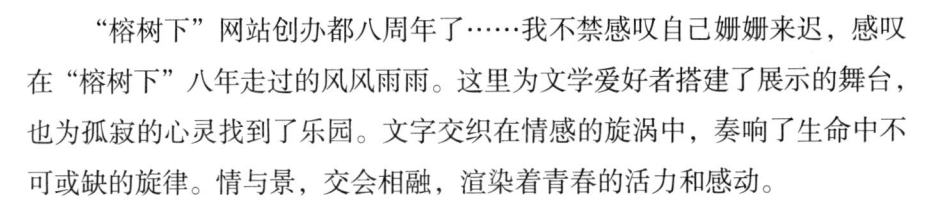

"榕树下"网站创办都八周年了……我不禁感叹自己姗姗来迟，感叹在"榕树下"八年走过的风风雨雨。这里为文学爱好者搭建了展示的舞台，也为孤寂的心灵找到了乐园。文字交织在情感的旋涡中，奏响了生命中不可或缺的旋律。情与景，交会相融，渲染着青春的活力和感动。

时间如梭，逝者如斯。我来"榕树下"也快一个月了，常叹息时间流逝。眨眼间，才发现我来到《情感地铁》已有二十多天了，心里面有万分的激动和莫名的愉悦。

《情感地铁》栏目（简称《地铁》），顾名思义，是将人与人之间的感情通过《地铁》来传送和连接，以便互相了解，彼此相知。多么好的桥梁啊！在这个桥梁中，文友们诉说着自己的衷肠和绵绵的思绪，感染着《地铁》里的每一个人，因为对于现在，情感是相通的，大家伙都心照不宣。记得当初是冰儿姐介绍我来《地铁》的，说是做一些评论工作，让我考虑一下，最终我还是来了。当时想：忙里偷闲，发展一下自己的爱好吧！我也是一个文学迷，谁知来到《地铁》里，就被这样一种气氛感染：大家都在努力做着自己应该做的事情，漂亮的文章，朴实的文字，还有真情永在的同人，真的很温暖。

感/悟/篇

我从事的是评论工作，明知很累，但为了那份心情，我还是坚持了下来。我在《地铁》里的第一份帖子是这样说的："我是黄土地的儿子，我要用我手中的笔，写出我心中的歌。从山区里走出来了，孤鸿远走了，一颗火热的心……重新浏览生活的点点滴滴，过错只是暂时的遗憾，错过将是永远的遗憾，态度决定结果。我会尽力做好自己应该做的事情，用自己的行动来证明自己，用自己的笔触抒写人生的赞歌、心情的故事……我申请评论员，从最基本做起。"虽然平日里还有自己的工作，加上网络评论工作和写作，有时到凌晨1点左右才能睡觉，但是从我的内心来说，是极情愿的。我深爱着这个文学网络平台。

在《地铁》里，我和同人一起哭、一起笑，品尝文字中的人生和生活中的点滴。这里有喜有忧，有哭有笑；有爱有恨，有喜有哀……生活中的一切，充斥在了这列《地铁》中。同人们用他们手中的笔，描写着生活中的故事，表达着不同的心情，好似一个打开的五味瓶，酸、甜、苦、辣、咸从这里飘然而出。我有幸读到这样的作品，人生的彻悟、高尚的情操、微妙的情思，以及同人忐忑的心情，无不给我留下深刻的印象。

我记得给快乐宝贝的《女孩说分手是为了被挽留》这篇文章评论后，陷入了深深的反思之中。我想到的不仅仅是文中的情节，我看到的是现实中的现实。"榕树下"给了我"乘凉"的场所，《地铁》给了我"懂得"的港湾。在这个港湾里，我的船将会乘风破浪、一如既往地向前。快乐、人生的顿悟和难忘的情结来源于这里，我将笔耕不辍，努力耕耘。

没有走不通的路，没有过不去的桥。面对自己选择的，只能珍视，来不得半点的虚假。应人是小，误人是大，口是心非者，永远是生活中的小丑。作为男孩，应该有始有终，要有负责任的态度，用自己宽大的胸怀，包容生活的方方面面，认识人生的千姿万态。苦，只是暂时的，年轻不努力，等待何时？所以我要说，做一件事情，不管是大是小，都应本着认真的态度，因为态度决定结果。美好的人生铸就了美好的前程，找准人生新的切入点，继续努力。

爱，不能被忘记

此时此刻，我想要说的话太多，我想要表达的情太浓，我想要抒发的意太深。愿我们携起双手，共创美好明天。千言万语，凝结为一句：祝愿"榕树下"枝叶繁茂，越长越高；祝愿《地铁》情感久长，越走越宽。

2005年12月7日于陕西师范大学

感/悟/篇

声音的翅膀

夜幕中熟悉的旋律在低转回荡,那是王菲独特的声音,是她的低语与倾诉。

一直以为她的歌应在夜晚听,抑或在无所事事的午后。是的,有谁喜欢在清晨喝红酒呢,她的音乐就像红酒,醇香而浓烈,多了就会醉,会醉倒在瑰丽迷离的梦中。

爱上王菲的声音是在中学时代。或许你会觉得十几岁的小男孩是听不懂那份成熟的,或许你会怀疑未谙世事的我有着那份执着,然而王菲那穿透力极强且纯净的声音,刹那间抓住了我的心。我震撼于她声音中那排山倒海的气势,惊叹于她声音中那金属般的质感。闭上眼,我在黑暗中仿佛看到了自己的灵魂,那深藏于心底的弦,轻轻地,被天籁之声拨动。

狮子座的她是一面多棱镜,每一棱都折射着不同的色彩。她是一个带有江南气质的女孩:深情,含蓄,细腻,温婉,迷蒙而带有一丝伤感的情调,可她偏偏是地地道道的北京人,操着地地道道的北京话,有着北方人大大咧咧的性情。

王菲演唱会上的"呆板"从另一面折射出她的绚烂,她只想闭起眼睛,让自己具有穿透力的嗓音与自己的歌迷一起陶醉,一起飞到远离现实的洁净天空。

爱，不能被忘记

王菲的歌是流行音乐中的极品存在，干净的嗓音犹如水晶般剔透，在纯净慵懒中张扬个性。时而清丽自然；时而张狂奔放，缤纷绚丽；时而又摩登时尚，展现着一个三十多岁女人的魅惑美。婉转而富有张力的嗓音记述着人生的悲喜，缥缈得如梦如幻，却又真实客观，没有歇斯底里的大肆渲染，也没有刻意的做作。你需要做的，只是静静地听，用心去体会她的故事，然后回味，然后感动，然后领悟，原来人生其实是那样的美好。

岁月，在更多的时候，是一把扬出去的纸屑，若是光线角度合适，这些纸屑也许会被看成是树叶，是蝴蝶，或者是金箔。是什么并不重要，以为是什么才是要紧的。总是在歌声中，人们才会充分意识到自己的脆弱和温情，也意识到自己永远也不会成为别人所希望的那种人。

夜已深了，风清月寒，空气中弥漫开幽香，还有王菲的歌。

2006 年 7 月 18 日于陕西师范大学

感/悟/篇

花开即落幕

初夏,你裸奔了身躯,娇滴滴地来到了世间。你那么轻,没有一点儿的声音,就怒放了,带着你的姹紫嫣红,走进了行人的视野,你说,这就是时尚。雨露太少,难以滋润你渴望的心,顷刻就败落在无人的边缘。

夏天,是一个火热的季节。炎炎的烈日,没命似的烧烤着万物的肌肤。而就在这样的境地里,娇艳的花儿,以顽强的姿态,依然风姿绰约地展现着它们的风采。不远处,一阵芳香沁人心脾,百花齐放、百花争艳的场面,就在眼前。绿的、红的、紫的……俨然一个花的海洋,人间的天堂。

北方的早晨,特别是雨后初夏的早晨,有点冷清。含苞待放的花骨朵上,沁入着滴滴的雨露,它们只待时机美好地绽放。花瓣上的薄雾,更加清新了花儿的颜色,柔嫩得让人心疼。倘若用手去抹,你的手指上会沾上清凉的一滴,而花瓣上,则是一道划痕,那是触摸的印记。

它们在悄悄地说话,声音极其微妙,细丝的言语,犹如低头含羞的少女,在向对方诉说着自己的心声。淡淡地,没有一点欲望,活在自己的空间里。低下头,亲吻花骨朵的时候,那种原始的香,让你沉醉。

现实的残酷,只给你短暂的时间。花的枝干,在大太阳的炙烤下,拼命地给花瓣输送着水分,以此来保持她美丽的姿态。但是,一整天的炙烤,

爱，不能被忘记

枝干没有坚持多久，花瓣已被晒伤，慢慢地，已经没了上午的艳丽，但它们依然坚挺着，努力地绽放着，让人们不觉得它们受的苦。

有那么一枝花，坚持了一周的时间。相比它的姐妹们，它是幸运的，因为它多看了一眼世界。它欣慰地含着笑，在那个无人的夜晚，落下了最后的帷幕。

花开惊艳，把最后的美好留给了人间，牺牲自己，美艳生活，花开即落幕，虽然短暂，但留有余香。

2006 年 8 月 25 日于陕西师范大学

感/悟/篇

我们一起走过

弹指一挥,进"榕树下"已经有一年多的时间了。人生匆匆,光阴流逝。人,有多少的第一次,使得自己一辈子难以忘怀。

带着情感,走入《情感地铁》栏目,重新开始一段历程。

因喜欢文字,我平常笔耕不辍,舞文弄墨,在网络文学网站"榕树下"班门弄斧,更是有些卖弄之嫌。走进"榕树下",走进《情感地铁》栏目,方才知道自己真是课桌上的学生。

初进"榕树下",就进了《情感地铁》栏目,为什么选择这个栏目,因为这里可以等候,可以温暖我的心,使我还在漂泊的心有了一个归宿。这里有很多版块。其中的"地铁风",给我注入了新鲜的空气;"下一站",给了我无限的思维空间;"酒吧街",给了我生活中浪漫的角色;"寸草心",使我懂得了至亲的伟大;"诗画廊",给了我创作的动力和灵性;这里还有……

我是在"笑笑冰儿"的引荐下,走进《情感地铁》栏目的。初来时我内心有着极高的热情。评论文章,几乎成了我每天的必修课。我从浩瀚的文字中汲取着营养,弥补着自己的不足。

在《情感地铁》栏目,我学习了很多网络知识,由一个网络文盲,过渡成为一个网虫。一有空，不坐在电脑旁，手就痒痒。

感谢"笑笑冰儿"带我走进了这个既虚幻又真实的网络时代。写文章，发评论文章，聊天，搜索主题……几乎占去了我生活中的大部分时间，但我心里却很充实。在此我明白了许多以前不明白的道理，知道了许多以前不知道的事情。

安桐，是《情感地铁》栏目的当家人，她温柔大方，是我在这个栏目中接触的第二位女性，也是给我留下印象最深的一位。她的身上，永远有一股执着的冲劲和韧劲。记得有一次我给《情感地铁》投了一篇稿，编辑在编发的时候，把格式弄错了。我快速找到安桐，她在第一时间回复了我，并且亲自操刀上阵，在经过一番认真仔细地编排后，我的文章终于与读者见面了。

我知道，在这个过程中，花费了安桐不少时间，那篇文章很长，还夹杂有诗歌，两种文体混在一起，排版很麻烦，着实是令人很头痛的一件事。

那次，我和安桐聊了很多，从她的身上我看到也明白了人与人之间相处，什么是真诚，什么是无私，这种情怀不局限于某一处、某一个地方、某一个空间。

在《情感地铁》栏目，还有许多有关我的故事。如今，她已经快两岁了，这是多么令人振奋啊！但毕竟，这个栏目还很年轻，正在茁壮成长。"情感地铁"栏目里有你，有他，也有我，我相信，一切都是最好的安排。

2006年9月5日于陕西师范大学

感/悟/篇

驴友过河绕甘峪

2008年7月27日，注定是热闹的一天。我与众驴友一起欢声笑语地登上了进山的快车，去一个叫甘峪口的地方。

早晨7时30分，我们从体育场西门出发，沿西汉高速行驶大约八十分钟就来到了甘峪村口。抬眼望去，甘峪村口的村碑屹立于村西的土堆之上，村碑题名者乃著名学者肖云儒老师，我很高兴第一眼就见到了"熟人"。

甘峪口，位于陕西户县与周至交界的近东侧，全长约三十八公里，其中山区长约十七公里，在户县白庙乡境内。我们此行的目的地，正是甘峪口村的甘峪河谷。

沿三米宽的水泥路，往甘峪村走，一直走到正前方的水库；沿着水库的左手，开始走蜿蜒的小道。小道大约二米宽，蜿蜒延伸向山中。看到山中的风景，众驴友心中窃喜，高兴地向前走去。

一路上，巨石林立，山色树影倒映水中，飞鹰翱翔，锦鲤游弋，波光粼粼，一碧万顷。顺溪而上，水击石鸣，农家小院，恬淡幽静。

多云天出行，景色黯然分明，沐清风，闻水声，苍翠草木，美色入帘青，漫步山间小路，心中的忧愁丢脑后。

一路上，恬淡的甘峪水，异常清冽，青色的石头，颜色非常漂亮，极少的水草青苔，为这安静的峪水，增添了不同的色彩。路过甘峪希望小学，继续前行，有岔路口，过慈安桥，有人家。此处，已是甘峪河谷的进山口，想必再向深处行走，人烟稀少。沿大路和河流，继续前行。路上要不断地蹚河，我们正遇涨水之时，不得不蹚水过路。顺水而上，没有岔路，接下来走过一独户人家，要再过第二家第三家，且这三家间隔较远。第三家这个地方叫作"凉水泉"，有两眼泉。

加把劲，再向前走，终于到了终点——众驴友的目的地、号称"石门"的地方。抬头望去，两面的山崖如刀削一般，垂直而下，恐怕飞鸟在此也难以落脚。

众驴友站原地仰望，怪石林立，湍急的河水，淙淙的声音，直让人心跳。累了，该找个地方休息一下。大家伙随便找了一个地方，围成一个圈，开始了简单的素餐，慰劳已经饥肠辘辘的肚子。

下午3时，众驴友开始返程。走走歇歇，歇歇走走，神奇的大自然，让我们大开眼界，性情、心情也得到了很大程度的放松，紧张疲劳的城市生活，在这一瞬间被置之度外。大家一路直下，享受着大自然的景色，以及这里的一切。

及近河谷，走入一家农家乐，随便要了一碗面食，热腾腾的，有着农家的独有的味道，真是不错。时间快到了，开始下山，一边走，一边观望沿途的景色。

不大会儿，就来到了山脚下，结束了我们此次之旅。晚上7时左右，华灯初上时分，我们回到了这个热闹、熟悉的都市。

2008年6月28日于西安城南不息书屋

感/悟/篇

过狗年，道乡俗

　　转瞬即逝，辞旧迎新。龙犬贺春，喜气洋洋，人们洋溢在欢乐的春节气氛之中。狗年行大运、发大财，更是乡下人的美好愿望。

　　说起过年，城里人有城里人的想法，乡下人有乡下人的做法。人们忙碌了一整年，此时都有了闲余时间，走亲戚串邻居，那是少不了的事。还有那些赶时髦的，在高科技的驱使下，上网聊天，别有一番趣味。在改革开放和西部大开发的强音号召下，乡下人也学会了城里人的经营和腔调，你瞧，他们一见面就是："龙犬呼春，一生平安，万事如意。"接下来就会说："今年你走哪条发财路呀，富了可别忘了我。"现在的乡下人，也变得"精"了起来。

　　谈到走亲戚，乡下人可有意思了。时间是在正月初二、初三、初四，这几天是走舅家、走丈人家的日子，四面八方的人，打扮一番走向各自的目的地。不管是到了舅家还是丈人家，如果兄弟多，那就要一家一家地转，最终转到谁家就在谁家吃饭。首先是上菜喝酒，还要大声喊着划拳，输了的要把酒喝个精光，再接着才是吃饭，此时的饭菜是一年中最丰盛的时候。吃饭也有规矩，让客人靠右上座，喝好吃好，主家此时是"仆人"，等客人吃好后闲聊时，主人才吃饭。有时想，这也够麻烦的，但没有办法，这是老祖先留下来的传统，不能随意改变。就喝酒来说，坐的时候方位都很有讲究，长辈和年龄大的要靠右上位，倒水吃饭也优先。真乃：坐，请坐，请上坐；吃，吃茶，吃好茶。故拟作对联：龙犬冷梅开花暖，酒涤忙人偷清闲。

喝酒的场面很热闹，输拳者杯中酒若喝不净，那就要按规定罚酒，到最后喝得醉如烂泥，倒床而睡。记得我和一位外公在一块吃饭，吃完饭我给他掏出餐巾纸，谁知他没理我，只是用手往嘴上一揩，一抹，就行了，他反而向我说："那个玩意，是城里人用的，咱农村人，这样就行了。"我当时觉得很难为情，想再多说几句，但最终明白：一个人的习惯太难改变，就那样吧，农村人也有他们的生活习惯。

吃过午饭，人们陆续向各自家返，在家中等待来家的客人。

如今的乡下人，许多家庭在吃喝穿上也迈向了小康水平，讲究了起来。瞧他们在狗年，个个脸上如花绽放，对美好生活充满希望，充满激情，充满动力，看，那边过来一位，已经笑得合不拢嘴，心里甭提有多高兴。

过狗年，道乡俗。还有许多新鲜事，你想听吗？

2002年2月12日于陕西师范大学

感/悟/篇

掐在手中的人生

　　人生，网。人生，不是未来的梦幻，也不是未来的期待。人生，有着许多的历练，也有着更多的希望与憧憬。

　　我不会蒙上被子想未来，不会拿着话筒唱未来，但我可以手握着笔，勾勒明天的彩虹。未来好似一座山峰，我一直在攀登的路上。也许路途中有风，也有雨，但我心中的信念还在，风雨又算得了什么？没有今天的艰辛，就不会有未来的辉煌。只有把未来刻在心中，我们才不会像做梦一样落得一场空。

　　人生，长而短。我要用人生的句子，描摹男儿的血性；用人生的阳光，翻阅巾帼的妩媚；用人生的那缕红色，照亮自己的未来；用人生的砖瓦，构建拔地而起的高楼大厦。

　　那束阳光，开启了我人生的征途。一扇扇窗子，一间间房屋，在人生的原野上被开启。阳光下的大厦，是理想的种子，在明亮的光照下，熠熠生辉。另一束阳光，是思想的种子，种入生活，植入心田，让我站在生命的舞台上，不迷茫。然而，对生活的追求，如山中的小路，曲折向上，只有攀爬才能到达顶峰。

　　某个夜晚，思想如火，洞穿了夜的围墙，聚拢星光，照耀着我失色的内心。阳光、星光和火光交织在一起，让我人生的理想有了方向，直达我向往的亮度。

室外，人声嘈杂，我乘着人生的航船，奋起勃发，越走越远。童年的花衣裳，穿在身上，如一朵朵娇艳的花，在绿叶的呵护下，越开越艳。理想的风筝，披着智慧的翅膀，借着时代之东风，飞入理想的圣地。最终我发现，用勤劳的双手，开掘心灵的广场，取源头活水，酿收获之芬芳，才是最好的出路。

蓦然抬头，发现自己已经走过了二十多个年头。没有成功，没有进步，曾想这是不是一场游戏，上天是不是在和我开一个玩笑？我迷茫过，失落过，甚至绝望过，但我又是那么不甘心地就这样堕落下去。

光阴似箭，我终究不能就这样放弃。愿望是美好的，而要去实现就得付诸行动，我是一个渴望成功的人。我不能将自己的未来抛入大海，更不能让自己半途而废。

梦想是要有的，但需用努力去换取。我不知道结果会是什么样子，但我要用拼搏的力量去开启幸福之门，用不懈的发展带着自己飞翔。因为，人生需要历练。

2008 年 10 月 19 日于中国国家画院

感/悟/篇

因为喜欢,所以不辍

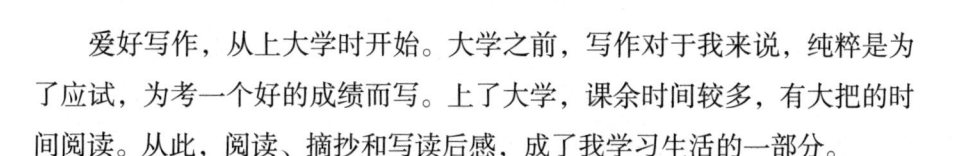

　　爱好写作,从上大学时开始。大学之前,写作对于我来说,纯粹是为了应试,为考一个好的成绩而写。上了大学,课余时间较多,有大把的时间阅读。从此,阅读、摘抄和写读后感,成了我学习生活的一部分。

　　而真正喜欢上写作,是从大一第二学期开始的。有一次,在老师的建议下,我把自己写的一篇散文《爱,是个动词》投到《知音》杂志,结果刊登了,而且还是卷首语,更让我喜出望外的是,《知音》杂志社的人联系上我,给我寄来样刊和二百八十元稿费。看着自己的文字变成了黑色的铅字上了杂志,而且还有"不菲"的收入,我心里高兴至极。

　　从小生活在山区农村,我们那个小县城是国家级贫困县,匮乏的物资,艰难的日子,让我看到了生活的辛苦和不易。这次收到的稿费,是我在校半个月的生活费,同时减轻了父母的负担,对于我来说,无疑是雪中送炭,这更激发了我写作和阅读的欲望,催生了我写作的动力。就这样,教室、图书馆、宿舍,三点一线的校园生活占据了我百分之八十的时间。

　　大学里,我一边阅读,一边写作,从未放弃。在这个过程中,我的老师们和陕西师范大学图书馆,成为我知识的海洋和乳汁,不断滋养着我的心田和灵魂,润泽着我继续努力前行。

爱，不能被忘记

喜欢是成功的老师。因为喜欢，就容易上心，就能静下心来去钻研。我时常为文章中的一句话，甚至一个词语，会琢磨半天，只想在文章中表现得尽善尽美。我想，学习应该有严谨的态度和笔耕不辍的精神，孜孜不倦，厚积薄发。

大二开始，我开始疯狂地进行文学创作和投稿，文章散见于各类文学专刊和报纸。有时一个月下来，各种题材的长短文加上诗歌，会有近百篇。因为喜欢，乐此不疲地进行写作，我感叹当时自己有如此的精力。

四年大学生活，一晃而过，快得来不及回望。但我是开心的，也是充实的。大学毕业时，我的各类文学作品已近三十万字。

大学毕业后走入社会，各种庞杂事情太多，人的精力有限，看书学习的时间少了，但根植于我内心深处的初心，一直没有变，也一直不曾忘却。一有时间，我就会拿起笔，只不过现在在写文章的同时，又多了一个毛笔书法修炼，自己时常云：文墨兼修，用笔写性情。但我知道，还是因自己内心的那份喜欢，所以不辍。

路漫漫其修远兮，吾将上下而求索。学习是一个漫长的过程，写作也是。人一辈子都在学习的路上，路上有荆棘、有坎坷，不会一帆风顺，依我目前的写作能力，我深知差得太远，还得继续坚持不懈，努力刻苦，砥砺前行。

人生路上会有很多的遇见，感谢我人生路上遇见的老师们，同时也感谢我的母校。是他们，给我知识，教我成长；是母校，给我机会，让我开阔眼界。这种情，一辈子难忘。

爱写作，不放弃。写作是我一辈子的事情了，因为喜欢，所以不辍。

2021年3月1日于西安城南墨宝斋

这条路,从白天走到黑夜

　　这条路,从繁华伸向了荒芜,从内敛伸向了开放,从梦想伸向了现实,一直没有停止过。人生的路途,布满荆棘,曲折蜿蜒。

　　因工作需要,这条路每个月我最少要走一次,千里路途,一走便是一整天。我从西部这个著名古都西安,沿着包茂高速一路向北,从白天走到黑夜。每次起程之前,我都会大声喊:"中国的'科威特',我来了。"

　　也许在常人看来,这个北方的三线小县城,是一个荒芜之地,是一个大风狂卷、漫天黄沙的偏远小镇,是一个不起眼的小地方。但是,这里吸引着全国各地的商界和各行各业的精英向这里聚集。毕竟,这里是中国的能源之都、黑金之地。

　　我也是众多淘金者中的一员,向往着这个小县城给我带来可观的财富。为了生活,为了美好,为了理想,我毫不犹豫地选择了这里。还好,小时候乡下农村艰苦的生活,给了我适应各种环境的能力,来到塞北煤都神木,我还能接地气,与大家一起乐业,谢天谢地。

　　每次走这条路,坐在北上的列车上,我都思绪万千。离开了亲人,背井离乡,我到底是为了什么?我常戏谑,自己也是北漂一族,只是别人漂到了首都北京,自己还没有漂出陕西省。是的,我是一个在现实生活中漂泊的边缘人。男人，总要有一点理想，更要有自己的事业。倘若用九十岁计算一个人的寿命，三分之一的时间已经在学校度过，剩下三分之二的时间，作为男人，不折腾一番，那这辈子就没机会了。

我不是志在四方的男人，也不是心怀大志的男人，更不是有远大抱负的男人，但我是一个喜欢折腾的男人。教书、编辑策划、记者、文案，一直到现在的工作，折腾了很多，但都没折腾出名堂。常想，人生总得有个目标，折腾也得切合实际，总不能折腾一辈子。艺多不养人，步入而立之年，是折腾的最佳时候，再不折腾就没机会了，我选择了"北漂"。故而，若再有人问我到底为何要"北漂"，我会笑而答之，为了理想和目标。

人的精力是有限的，总有折腾不动的那一天。在而立之年折腾，定好目标是关键。曾经的我，迷茫过、蹉跎过、徘徊过，经过多年的沉淀，总算安静了下来。我的目标也逐渐浮出水面，那就是做好本职工作，同时钻研自己的爱好和兴趣。

现在走的这条路，延伸着我的理想和梦想，填补着我生活里的需求和希望，虽然有点慢，但只要坚持，我想苍天总会回馈我的。常常我伏案捉笔，抑或练字，一个人待着，安静得可怕。也许这本就是前行者的环境，没有孤独，哪有绽放。

现实生活，容不得我有半点的退却，我深知这条路上的羁绊和泥泞。也许每天我都会灰头土脸，但只要有一丝微笑，对于匍匐前进的我来说，足矣！当新的一天朝阳升起时，是我生命的车轮急速运转的开始，我不能停，也没有理由停。一点点的收获，是要付出艰辛的。只有沿着这条路，马不停蹄，咬紧牙关，从白天走到黑夜，才算是完成了目标使命的万分之一。即使是这万分之一，我已经很开心。人，不怕慢，单怕站。

这条路，远过千里万里，沿途的风景也许诱人，但我只能做短暂的驻足。我的路，还在前方，从白天走到黑夜，还得继续。

2014 年 10 月 23 日于榆林神木

感/悟/篇

女人，是三月里的一抹安暖

己亥年少雨，春雨贵如油，庚子春雨，来得太及时。而我却以为，三月初的春雨，淅淅沥沥，安暖人心。喜欢这样的雨，使我暂时忘却了疫情带给人们的不安。

望着窗外空旷无人的马路，顺着雨帘，心情也随之舒适了许多。在这样的季节里听雨，有一瞬的释然涌上心头。真希望春雨快速浇灭这疫情，带走焦虑，带走惆怅，给人希望。

惊蛰过，大地回温，万物复苏，满园春色挡不住。往年三月，阡陌小径，幽林深处，人头攒动，热闹至极。而今春，入眼处，即使春花满路，山川尽染，却无阿哥粉黛，执子之手，已是冷落好多。

春色烟岚，草长莺飞，炊烟袅袅，不知南北。人们给三月赋予了许多温暖的节日，妇女节便是其中之一。每一年的"三八"，不仅是一个节日符号，更是历史的进步，因为这个节日，更多地还原了女人的社会地位和自尊。她们，应该尽享这个节日。

三月，春阳正暖。包裹了一个冬天的女人们，此刻心情也会随艳阳雀跃不已，她们嗅春雨，听音乐，晒暖阳，品茗习字……好不快活。也许，在这个特殊的时期，只有在这样的景象里，才最能驱走她们心中的阴霾，使之更加英姿飒爽。

爱，不能被忘记

　　女人如水，柔软至极。她们在春的怀抱里，时常把现实中所有的羞赧和故事，都记录在心的深处，或者浅淡有致的笔墨里。也许有一天，当时间滑过笔尖的时候，这些故事，又会在某个转角处，在她们的眼眶里，不经意地泛起涟漪。三月，注定是女人们的多姿多彩。人生路途，起伏跌宕，红尘情短，一帘幽梦。恍惚间，那些尚未走远的希冀和情愫，以及那些还没来得及触摸的桃红柳绿，瞬间又站在了季节的门槛上，不舍昼夜，枝头流连，绿意盈眉。

　　人生本是一场修行，面对国难，女人们请缨一线，她们以大家为重，果敢向前，泰然处之。以镇静平和，安详纯然，守护心灵，放弃小家的安暖，安暖大家。用实际行动，一次又一次地让人们感受灵魂深处的慰藉。三月里，风轻云淡，春和景明。女人们，人美心净，浅笑安澜。

　　春色，撩起一抹晨阳；白云，拂过一滴清露。三月里，那些为生命请战逆行的女人们，她们是人妻，是母亲，是女儿……她们脚步坚定，心怀悲悯，疲惫的身影里，尽是对生命的尊重和渴望。战"疫"抢救，她们与时间赛跑，力战病魔。她们，给这个平淡的节日，增添了让人宁静的温暖和希望。她们，一定会赢。

　　女人，是三月里的一抹安暖。那么，借这个节日，祝愿全天下所有的女人，平安健康，愉悦吉祥。

2020 年 3 月 7 日于西安城南墨宝斋

真朋友的默契

人常说，"在家靠父母，出门靠朋友"。作为生活在现实社会中的自然人，总要与人打交道，而朋友是每个人人生路上不可或缺的。

人生路上，我们会遇到形形色色的人。有些人，只是匆匆的过客；而有些人，擦肩而过的时候，也许一个驻足，就成了一生真正的朋友。真朋友，不在远近，只在真心和彼此间的默契。

真朋友，他一定是正直的，看到你做错了事一定会直言不讳地告知你。静思后，再回望时，才发现世间最美好的东西，莫过于有几个正直善良的朋友。

真朋友，有一种默契，他会在你收获的时候，为你锦上添花；会在你最需要帮助的时候，为你雪中送炭。真朋友，如好茶中的极品，淡而不涩，清香绵绵，缓缓飘来，似水长流。

相遇不易，相知更难。大千世界，滚滚红尘，两个人能在芸芸众生、茫茫人海中相遇相识，相互了解，彼此靠近，最终成为朋友，不易。我们都是凡夫俗子，试看红尘，有多少朋友是前五百年的无数次回眸，才换来今天的缘分。

人生一世，最多百年；一生旅途，人来人往；聚散离合，人生常态。

爱，不能被忘记

  每个人，行走在各自不同的生命轨迹上，有着不同的经历和发心，在某一天的某一个无相约的点，能够相遇、相聚、相识，一起笑傲人生，是何等幸运。也许，这就是朋友间的一种默契。

  朋友相知后有一种默契。我们每个人都会走夜路，都会有忧伤，你害怕伸手可抓住的那个人，你悲伤懂你泪水的人，是真朋友。这种彼此间的默契，胜过一群只懂你笑容的朋友。

  真朋友，是相互认可、仰慕、欣赏和感知。对方的优点、长处、亮点、美感，都会映在你脑海，尽收眼底；对方的智慧、知识、能力和激情，都是吸引你靠近的磁力。这些也是朋友间默契的黏合剂，向上的能量、动力和源泉。

  道不同不相为谋。志合者，不以山海为远；道乖者，不以咫尺为近。朋友间的默契，是彼此一种心灵的感应，是一种心照不宣的感悟。

  许多时候，朋友间不需要解释，举手投足，一颦一笑，一言一行，哪怕是一个背影、一个回眸，朋友都会心领神会。不需要多言、张扬，都会心心相印，这是朋友间一种最温柔、最舒服、最畅快、最美好的意境。

  陪伴是最长情的告白，朋友间也是。真朋友，永远是能看见你身上缺点的那个人，也是吵架吵不散的那个人。与人为善、坦诚相待才是真朋友。世间无傻人，只有自己看别人傻而自己真傻的人。人与人之间，只有将心比心，才有知心；只有以心暖心，才有恒心。朋友就是漫漫人生路上彼此相扶、相伴的人。

  真朋友会在你烦闷时，送上绵绵心语：你寂寞时，为你带来欢歌笑语；你快乐时，陪你一起酣畅淋漓；你得意时，向你泼来一盆善意的凉水。真朋友间的陪伴，是深情的、感激的，更是互懂的。

  这个社会，一个人的成功，不是看你整倒了多少人，而是看你帮助了多少人，成就了多少人。土相扶为墙，人相扶为王，朋友间更是。

  漫漫人生路，一路历练行。真朋友，是在你前行路上可以为你挡风寒，为你分忧愁，为你解除痛苦和解决困难的人，更是在你登高时的一架扶梯，受伤时的一剂良药，饥渴时的一碗白水，过河时的一叶扁舟。这种真挚，是金钱买不来的。

真朋友，不一定天天联系，因为各自都有事业和生活。真朋友是彼此牵挂、思念、关心和依靠。朋友间的思念，就像一片温柔轻拂的流云，一朵幽香阵阵的花蕊，一曲余音袅袅的洞箫，一条缓缓流淌的小河。真朋友，是一种淡淡的回忆、互知和共鸣。

真友情，是一种淡然平和，不是那么多、那么浓、那么甘，也不是时时刻刻相随。这种情，我们甚至要用一辈子去给它计时，因为快节奏的社会里，它是那么少，那么真，那么久长。这种情，是我们在若干年后，你一回头，我们都笑了，你在，我也在。

高山流水，朋友知音，唯真情所在，默契相望，彼此光照、辉映、鼓励，才会久远。真朋友，一定是互相关爱，心心相通，相见时互相点点头，相视一笑而后什么都懂。因为，真朋友的情谊，最为默契。

2021年3月18日于西安城南墨宝斋

爱，不能被忘记

快乐白开水

白开水的快乐是回归到简单、纯净、自我的快乐，它不需要在功利中生产、销售。

在这个有些油腻、浮华的时代，各种流行和欲望让年轻人的心难以清爽纯净，白开水是去除心灵污垢最安全的清洁剂。我们穿着时髦或不时髦的服装，做着时尚或不时尚的工作，过着前卫或不前卫的生活，这其中有多少人同时也在喝着快乐的白开水。

白开水的快乐可以是选择一个假日，约上三四个朋友去郊游；可以是学会烧一样拿手菜，体会它给你的成就感；可以是开拓一下生活的新内容，打球，看电影，种一株小花；可以是看"非常6+1"，体会别人的愿望被满足的快乐。总之，可以放大每一个快乐的细节。

我时常体验校园里的快乐。下课后在足球场上挥汗如雨的酣畅；寝室里深夜卧谈会的自由热烈；校门口小餐馆里一瓶泡沫四溢的啤酒，为一个女生害相思病的忧伤甜蜜……这种快乐和童年的快乐一样，如同晒干的狗尾巴草，既温暖又能痒得你想笑就笑。它们都是快乐的底片，深深印在我的心底，却无法翻洗。但是，只要我们在喧闹浮躁的打拼中不忘用白开水来充盈肠胃和心灵，在不理想、不如意的处境里，对生活有一个辩证、理智的认识,那么在任何一个人生阶段,我们快乐的链条就不会断。

有人说坐在彗星尾巴上的人能感受到快乐,因为彗星要是脱轨,是向前栽的。又有人说,坐在彗星头部的人能感受到快乐,因为坐看风景,他先领略。在这里,快乐都成为一种心境,与前后无关。如同喝白开水,恬淡而清爽,细品可能还有淡淡的一丝甜,那要看你的心情,无味但不乏味。它是每个人必不可少的,其中蕴含着一股生命的活力。

所以,在充满竞争的快节奏生活里,既能体验打拼的乐趣,也能在平凡又平常的工作中享受快乐,因为希望就像一把火,在心头如火如荼地燃烧,并因此而照亮了快乐的人生之途。人生,就像漫步于春日碧绿的田野,快乐就像那春日暖阳,如一杯透亮的白开水,每时每刻,总在身边。

文章刊登于《浦东城管》2011年8月

爱，不能被忘记

幸福没有原始股

　　幸福，是每一个人渴望的，也是每一个人渴求的。每一个人身上，有着不同的幸福感；每一个时期，人们对幸福都有着不同的诠释。知足者常乐，幸福没有原始股。

　　一直喜欢这么一段歌词："我能想到最浪漫的事，就是和你一起慢慢变老，一路上收藏点点滴滴的欢笑，留到以后坐着摇椅慢慢聊；我能想到最浪漫的事，就是和你一起慢慢变老，直到我们老得哪儿也去不了，你还依然把我当成手心里的宝……"

　　我的记忆里有很多幸福的时候，有家人给予的，有爱人给予的，有朋友给予的，也有音乐给予的……妈妈说过，知足常乐，就是幸福。

　　美好的未来，一直鞭策着我努力超越自己。想起大学的几位老师，心里满是由衷的感激，他们不但教给了我知识，而且教会了我做人。我不会停止对理想的追求。面对生活，我很乐观。我一直坚信，是金子总会发光的。当想到这些的时候，我心里就有一种幸福的感觉，虽然自己离成功还很远，还要付出许多的艰辛。

　　我时常想起许多幸福的片段，它们一幕幕地在我眼前映现，令我沉醉。我和其他人一样，一直等待着自己的幸福来临。我坚信，只要朝着心中的目标不懈地努力，就一定会有一个美好的前程在等待着自己，就一定会有那个幸福的时刻。

幸福没有原始股。但幸福在一个人的一生中的不同时期，都有着不同的内涵。

战火弥漫的白色恐怖时期，人们渴望自由。有人发出了"生命诚可贵，爱情价更高；若为自由故，二者皆可抛"的呐喊。人如果没有了自由，自由受到控制时，那么对自由的向往是极其强烈的，这个时候，自由是比生命、比爱情都重要的幸福！

而生活在和平年代，幸福就是对自己的满足。工人的幸福就是工作稳定，收入可观，价值认可，不被下岗；农民的幸福就是粮食丰收，猪肥牛壮，有吃有穿，安居乐业；军人的幸福就是保家卫国，忠于职守，勇于担当，无私奉献；学生的幸福就是好好学习，天天向上，成绩优秀，实现梦想……

不同人有不同的幸福观。病人的幸福就是希望自己有健康的身体；健康的人又希望自己长命百岁；长命百岁的人盼望自己永远不老，年轻快乐。

酷热夏天的幸福是凉爽；严寒冬日的幸福是温暖……

幸福是什么？知足者常乐，就是最大的幸福。幸福没有原始股，不同时期有着不同的认知，希望所有的人都找到属于自己一生的幸福。

2007年3月20日于古城长安不息书屋

励志篇

哪里有真爱存在

哪里就有奇迹

每一个沐浴在爱中的人都会创造奇迹

一个品质优秀的人

不管在什么样的环境里

都会努力地去创造

属于自己的超越别人的成就

而这些活生生的故事

激励着我前行

是我人生路上不可或缺的"食粮"

励/志/篇

"拼命三郎"汪涵：爱拼才会赢

他是中国最炙手可热的主持人之一，身价被评估为两亿四千万元，他是女生都想嫁的梦想好男人，他是湖南卫视的当家主持人——他，就是大红大紫的汪涵。

汪涵的出名，是打拼出来的。他很小的时候，就有这种意识了。上小学，他和小朋友捡东西卖，勤工俭学，开始了自己拼搏的历程，一直到从湖南广播电视学校毕业前夕，被分配到湖南卫视国际部实习时，他都继续着拼搏。

实习期间第一次出差，他的任务是帮摄像师扛三脚架，这让汪涵傻了眼。但他深知做什么事情都不容易，这次扛三脚架，正是对他的锻炼，虽然只有五十元的劳务费。开始，汪涵认为扛三脚架是一个简单的事情，不就是出点力嘛！但在摄像师的指点下，他才明白扛三脚架并非一般人认为的简单的粗活，其实里面有许多的学问。

他扛着三脚架翻山越岭，咬紧牙关，从不喊累。他知道，有机会和组里的同事出差，是多么难得、多么宝贵的机会！在外人眼里，他也是湖南卫视的一员，和组里所有的职员一样，受到同等的礼遇。这给他增强了不少的信心，也使他学到了很多东西。

爱，不能被忘记

汪涵在湖南卫视国际部锻炼了半年，随后被安排在湖南卫视《男孩女孩》剧组工作；1996年11月5日，他进入刚开播的湖南经济电视台上班。汪涵在幕后默默无闻地做了两年剧务、策划工作后，在仇晓的大力提携下，才担任了1998年推出的《真情对对碰》节目的主持人，从此开始了主持人的生涯。

对于这份自己很喜欢的、来之不易的工作，汪涵很努力，"拼命三郎"的劲头，火山似的喷发了出来。他曾在八天里录制了十六期节目，而且不仅要准备主持内容，还要赶飞机，来回在汽车里颠簸。他常常透支身体，双腿像灌了铅似的，脑子还得高速运转着。

没有上过大学的汪涵，靠的是拼劲和韧劲。他为了工作一天跑三座城市，只睡两三个小时的觉，眼睛里充满血丝，却仍是最精神的那一个。他随便一句话都是笑点，给他录制节目的摄像师，被他的搞笑和表情，逗得无法正常工作，他却一脸无辜。对于汪涵来说，这还只是家常便饭，并不是什么稀罕事。

最繁忙的时候，汪涵一周主持过接近十档节目，经常累得三天才能睡不到十个小时。只要湖南卫视有重大活动，就能看见汪涵的身影，而他因此稳坐湖南广电主持人"一哥"宝座，成为重要的主持人之一。

他把已经过分磨损的生命机器开到了最高运转速度，也只能让它发挥相当于最佳状态时的六分功力。在湖南广播电视台，他从"抬桌子"慢慢到"台柱子"，从最底层的场工做起，灯光、音控、摄影、现场导演等，样样涉足。

汪涵尽了他最大的努力，做到了使自己不后悔。当有人问他累不累的时候，他的回答是：累。一档节目接一档节目，很难停下来。他明白，爱拼才会赢，才会赢得观众的认可。他认为他做的每一期节目，都对得起节目制片人，对得起他的观众。

"拼命三郎"汪涵，这几年进入了事业的收获期，他的一系列脱口秀节目，深受大众欢迎，他更因主持《越策越开心》《快乐男声》《名声大震》等节目而成为湖南卫视的"当家小生"。少了他,还真少了很多乐趣。

汪涵凭着自己的坚持和努力,成为国内优秀的娱乐节目主持人之一。他能调动气氛,能稳住台面,看他一个人主持《名声大震》,难能可贵的是没有突兀之感。因为太拼,在主持《快乐男声》时,他的身体发出了预警信号:一场直播中,他在台上突然流鼻血,他用话筒抵住鼻孔,让话筒上的海绵吸走鼻血,并赶紧宣布进广告,才避免了播出事故。而《快乐男声》之后,汪涵的身体终于挺不住,休息了一段时间。

汪涵的主持风格,有何炅的活泼,有朱军的成熟,也有吴宗宪的幽默。而汪涵的多才多艺也是有目共睹的。汪涵的歌艺了得,参加《名声大震》与汤灿搭档,时不时在节目中亮一亮嗓子;他说起各地方言来,绘声绘色,经常会在节目中与嘉宾用方言对话,拉近距离。

现在的汪涵,无疑拥有他人羡慕的成绩,甚至被粉丝称为"策神",一是因为他主持《越策越开心》,二是因为湖南话里"策"是能说会道的意思。他为人随和,从来不摆架子,乐开怀是经常的事情。的确,汪涵的嘴皮子,那在圈里可是出了名的。

"拼命三郎",努力吧!汪涵,拼搏吧!我们坚信,爱拼才会赢。希望看到你更多的精彩,拼出你人生更耀眼的光辉。

文章刊登于《意林》(原创版)2009年4月

爱，不能被忘记

伫立在尘世中的不变的角色

十四年前，他背起行囊，带着妈妈的一再叮嘱，辞别了云遮雾绕的家乡渝城，只身来到北京求学，并在同年考取了当时极为有名的东方歌舞团。

于是，北京这座曾经遥远而陌生的城市，终于与他的人生有了交集。带着这份新奇与忐忑，他开始了自己追逐梦想的游子漂泊路。似乎从那一刻开始，命运的车轮便驶向了另一条"云深不知处"的路途，而他却怀着懵懂好奇的心张望前行，无畏无惧。

大概是因为母亲从不刻意强求式的潜移默化，同样是北漂的游子，他的性格里少了一份追逐功名的戾气。虽然他也会开玩笑说，梦想之于他更多是虚荣的意味，但深层里却是一种纯粹和简单。

淡泊名利的他，直到大学毕业，一个困扰他的最大的问题，就是对演员身份的认知。曾经怀疑退缩，也曾反复不安，原本是陪朋友去参加考试的他，却被老师一眼选中而幸运地考上电影学院后的很长一段时间，他都在问自己："我是演员吗？我能去演戏吗？能演好吗？"

二十三岁那年，还在北京电影学院读书的他，接到吴子牛导演的邀约，拍摄了电影《国歌》。当时年少轻狂，带着初生牛犊的无所畏惧，便出演了少年才子聂耳。由于他是第一次拍摄电影，课堂上的理论与拍摄实践的差别，让他迷茫，也为他打开了一扇窗户。如今回想起来虽不免遗憾，但当时的意气风发、壮怀激烈，不仅是吴子牛最看重的，也是青春年少给予他的最好见证。

二十四岁时，即将迈出大学校门，仍是懵懂惶惑的他，曾想过留学海外，可后来抱着不行就转行的想法，却走进了赵宝刚的《像雾像雨又像风》，从此他俊美忧郁的形象走入了每个观众的心里。

2005年，毕业以来就一直在他"身边"的李少红导演，为他定制了心理悬疑电影《门》，一改他往日温情忧郁的形象。这对于他来说，是一次蜕变的过程，是一种撕碎自己再投入进去的锤炼。从此，他用心去拍每一部电影，珍藏生命中的每一道印记。

他，就是陈坤，一个在影视中与现实中一样不变角色的人。

那么，如果有一部电影叫《陈坤》，请允许我们用四个场景、不同镜头来勾勒出他的不同侧面，怀一份闲淡风雅，与他一起笑看人世风云，时而酣畅淋漓，时而悱恻缠绵。

2009年3月的易县，依然是烟尘滚滚，清波荡漾的易水河畔，斗拱与檐椽交错，带着明显汉代建筑特色的屋顶映衬着光秃的枝蔓，延伸向澄净的天空。刚刚结束了电影《花木兰》一场打斗戏拍摄的陈坤，坐在监视机前安静地看着回放。早已没有了之前在《花花型警》里第一次拍打斗戏时的焦虑和忐忑，也消解了《画皮》中与对手搏击的痛快淋漓，有的则是一份气定神闲的从容，甚至是自我挑战的期待。只有眼神里偶尔掠过的迷离，让人依稀可辨他依旧是那个目光如水般沉静的男子。

而今，少年已然步入而立之年，但依旧简单而纯粹地向往着梦想与美好，学会了用内心坚定的信仰，惯看人世的繁华梦，也明白了人生如戏。他认为，每个人都在人生里扮演着不同的角色，没有差别，不分你我。十四年山水如画，十四年浮云在眼前飘过，成长的少年依旧俊美，却不再忧郁，他用内心那份信仰的笃定，来诠释生命中的每个角色，冷静、自省而温暖。

爱，不能被忘记

　　一路走来，远近沉浮，风雨如晦。当陈坤的俊美忧郁成为华语小生的一种类型时，大家才逐渐明白：不变的他，伫立在茫茫的尘世中；聪明的孩子，提着易碎的灯笼；潇洒的他，将心事化进尘缘中；孤独的孩子，他是造物的恩宠。

　　　　　　　　　　文章刊登于《疯狂阅读》（高考版）2010年4月

励/志/篇

从人生中历练出的戏骨

他,给观众的印象是铁骨铮铮的男子汉,一系列影视剧中硬汉军人的形象。他严肃地搞笑,执着得可爱。从众多影视剧中的"硬男人"到《梅兰芳》中的一代老生,再到即将于年底上映的《十月围城》中的黑白两道通吃的商界枭雄,他塑造了许多令人难忘的角色。他,就是王学圻,中国实力派演员的代表。

灵感并非习惯,而是天生使然,对音乐的喜爱,王学圻是从娘胎里带来的。初中的时候,中午学校广播站几乎成了王学圻的"音乐专场"。换作今天,王学圻可能会成为偶像歌手或者选秀冠军,然而在那个时代,他只能唱《毛主席派人来》等那些红歌。

因为唱歌,王学圻在学校也小有名气。带着天生的表演欲望,王学圻十四岁参军当文艺兵,继续与歌唱为伍。在那个艰苦岁月,没有科班学习的条件,唱歌便成为王学圻唯一的"艺术表现手法"。

那时在东北的严寒天气里,下面的老百姓顺风坐,他顶风唱。好几次王学圻正在台上唱着,就见指导员忽然冲上来推着他往台下跑,头顶上是乱飞的子弹。回想起那段岁月,王学圻意味深长,那个时代,那个时代年轻人的生活,是今天的人们无法想象的,就像一个漫长的儿童期,一场做

爱，不能被忘记

不醒的梦。直到王学圻二十五岁，才如梦方醒，爱唱歌的小孩儿开始了人生的另一段精彩。

对初次登台演话剧的情景，王学圻至今记忆犹新。因为一个男主角的脚崴了，不能演了，正式演出前一周，经过紧急培训，王学圻就顶上了。结果王学圻就被当时看演出的电影导演看上了，从此一路顺风。演了这么多年戏，王学圻最看重的是在舞台上演话剧的日子。王学圻认为，自己的天分好是一方面，关键还是要苦练。

拍《梅兰芳》是王学圻跟陈凯歌导演的第三次合作。如果不是陈凯歌导演，王学圻可能不会演这个戏，因为对于没有京剧功底的他来说太难了。为演十三燕这个角色，王学圻特地学了四个月的戏。一个动作不到家，就要做十遍，有时可能十遍才能做对一遍，直到连续做十遍都是对的才算通过。

打这之后，王学圻慢慢喜欢上了京戏，但是并不痴迷，因为他觉得这是个童子功。一个人的兴趣爱好主要是小时候决定的，那时萦绕在他耳边的是《大海航行靠舵手》。京戏师傅很喜欢王学圻，希望他再学几个月，把几部戏拿下来，于是王学圻就一不做二不休，要做就要在这一行里拔尖，要做到最好，票友多没意思，要做就往专业上走，四个月下来，王学圻已经是半个行里人了。

《十月围城》则是对王学圻演技的又一次挑战。演惯了正面角色的他，在面对黑白通吃的大商人这个角色时，心里也不太有谱。当时，王学圻在成都拍电视剧，黄建新、陈可辛，还有陈德森晚上突然就飞到成都来找他。这让王学圻感动不已，三个知名导演一起来找他还是头一遭。简单阐述了故事情节，由于广东话王学圻听不太懂，他也不好意思问，但看着两位导演如此坦诚和认真，就当即决定去演了。拍摄过程中，王学圻和梁家辉两位影帝级演员，因为台词的问题飙到险些翻脸，曾经上过各大娱乐版面的头条。

王学圻是典型的戏痴，如果有一段时间不演戏就受不了。他说最多能忍一个礼拜。因为他永远不满意自己的表演,每次都有一些遗憾,就是这些遗憾推着他,不停地往前走。

这几年是王学圻高产又高质的时期,大戏连连,星辉闪耀。而王学圻则更是那种能把生活跟工作分得很开的人。一米八开外的个头,有着中国传统美男子特征的他,往往是工作家庭两不误,一回到家就做起家务。他是一个闲不下来的人,在他看来,闲着就是浪费时间,犹如慢性自杀。

二十五岁开始表演生涯,入行三十年,二十多部电视剧,三十多部电影,斩获奖项无数,借助天分与勤快,王学圻成为唯一见证中国第五代导演们成熟和崛起的演员。王学圻自导的《太阳鸟》获第二十二届蒙特利尔电影展评委会大奖,铸就了中国演员在导演领域罕见的突破。观看王学圻的表演,你才能明白,什么是真正的入戏,什么是真正的戏骨。

2011 年 6 月 16 日于西安城南家中

爱，不能被忘记

从包子铺里开始成长的顽石

他，是一个很普通的人，也是一个极其能吃苦的人。十七岁那年，他走进威海第二毛纺厂，做起了临时工。这个来自农村的孩子虽然能吃苦，但繁重的活儿，依然使他有点吃不消。而且，别人不把他当回事，因为像他这样的临时工，在威海有很多。想起刚刚离开的学校，他有点后悔……

三年后，这个"被别人不当回事"的年轻人，拿着从家里借来的七千块钱，在威海的古寨路开了一家面积只有三十平方米的包子铺，取名"净雅包子铺"。当时威海卖包子的很少，所以他就将牛肉包子定为自己的特色。那一年，他二十岁。他坚信，改变自己的命运，在当时的环境下，只剩下这一条路。

他的包子铺开张后，第一天就卖了一百块钱，这是他在毛纺厂装两个月羊毛的工资。第二天卖了七十块钱，但他还没来得及高兴，第三天，师傅跑了，走的时候只扔下一句话："在这儿干，没意思，没希望。"

一切看起来确实没有希望，这家只有老板、厨师、服务员三个人，由六张桌子撑起的小店铺，似乎一场台风就能刮走他们的全部憧憬。但和其他创业者一样，他充满了激情，没有放弃自己的努力。他从亲自掌勺，到向村里的屠户讨教配馅的方法，经过一个月的摸索，终于发明了一套属于自己的牛肉馅配方。

他的包子铺在当地渐渐有了名气,每天食客络绎不绝。他是一位善于学习的人,几年包子店的经营,给他积累了不少的经验和资金。1992年,他开始了人生事业的第一次转型,经营鲜活海鲜。这在当时的威海是第一家。为了确保海鲜的鲜度,许多环节都是他一个人亲自把关。

与此同时,他开始游历各地学习烹饪手法,开始文化行销。而更重要的是,他开始以高端餐饮来定位自己。转型之后的"净雅"开始了爆发式增长,六年之后,就以营业额超千万的业绩占据了威海餐饮界的头把交椅。

在此之前,他像一株生命力旺盛的野草,以肆意顽强的姿态证明了自己的存在。而从此之后,他必须变成一棵树,把根扎进地里,枝繁叶茂。如今,当他看见位于威海市中心的净雅酒店的大楼拔地而起时,胸中憋着的那口气,终于释放了出来。但在实现了"被别人当回事儿"的愿望之后,他又开始了新的憧憬。

1998年,他开始了人生的第一次"豪赌"。在济南市市郊开了一家规模比较大的酒店,虽然酒店位置并不理想,但他看见了以后繁荣的景象。在心里,他知道这将是自己事业的一个潜力股。由于济南地处内陆,没有鲜活海鲜类酒店,因此济南"净雅"迅速打开了当地高端餐饮市场,第一年便实现了收入两千万元的目标。

伴随着企业的迅速扩张,管理上的短板随之突显。和众多企业家一样,他最开始选择的是家族式管理,但不久,他发现管理并不是自己想象的那么简单,他觉得公司要发展,必须唯才是举,任人唯贤。他是一个善于学习的人,同时,他也是一个善于反思的人。他常常用自己身边发生的小故事,举一反三地教育着员工,令员工们受益匪浅。

他开拓的步伐并没有停止,不久,他又敲开了北京市场。投资八亿元连开了三家酒店,他对北京高端餐饮市场的自信以至于让他在投资之前连最基本的市场调研都没做。标准化管理让"净雅"看起来就像一列行驶在轨道上的高速列车,一切都按部就班。此外,"净雅"还计划进入快餐业,预计在2009年将店开到一百家……

  二十三年后,作为净雅集团掌门人的他,对那段难忘的回忆依然怅惘。虽然他的身后,是一个由近十家高档酒店构成的餐饮帝国,但他还是忘不了十七岁时的那段内心挣扎,就像他那改不掉也不想改的山东口音,一种莫名的自卑与自信混合在一起,成为他的基因一样。然而,正是这段挣扎和自信,成就了他。

  他,就是张永舵,一位出生于威海市一个普通农户人家的孩子。在他身上,一切看似奇迹,其实,那是他不断追求、不断努力的结果。因为在他看来,这个世界没有奇迹,奇迹都是自己创造出来的。

2009年11月3日于陕西师范大学

励/志/篇

可以与父母一起欣赏的明星

他，曾经和许多著名导演、演员是同学，譬如张艺谋、陈凯歌、陈道明等，都是北影的学子；他，曾经以一部《骆驼祥子》红遍全国；他，曾经携手张国荣出演《霸王别姬》，成为千古绝唱；2008年，他更是在创下了中国电影票房历史之最的《赤壁》中，颠覆了以往曹操奸雄的银幕形象。面对金城武和梁朝伟两大巨星，他的魅力毫不逊色，让曹操成为最受好评的角色。他，就是张丰毅，一个陪着中国电影走过三十年，始终坚守着自己的原则的男人。

张丰毅是幸运的，不仅因为他在刚刚踏入电影大门时就可以获得男主角的角色，更因为，他的事业与中国现代电影的起飞在同一个轨道上重合。在经历了数十年的文化沙漠，在被高大全的样板戏长期轰炸得"审美疲劳"之后，电影文化重放光明，而张丰毅的名字，也在一夜之间红遍大江南北。

在过去的三十年里，中国电影经历了无数风云变幻，斗转星移。有些人，有些事，就像一颗流星，挟雷霆之势而来，悄无声息而去，也有一些像烈火，熊熊燃烧上三五年，终于耗尽能量、归于尘土。能在这个最喜新厌旧，红得快、忘得也快的行业里，始终活跃在观众的视线中，且屡有创新、更上层楼的人，实在是少之又少。张丰毅是稀有的，是我们可以与父母一起

爱，不能被忘记

欣赏的明星，他是中国人娱乐记忆中不可缺少的角色。

在这里，我们将要看到的不仅仅是张丰毅的青云路，更重要的是，分享他作为一个赢者在三十年事业和五十年人生中所总结出的经验与智慧，还有他的执着和坚持。

在他身上，我们可以看到老一辈演员的特性，比如他对文艺理论的重视，私生活的低调，他不上网，也很少看电视，家里只订了一份报纸等；也能看到新时代赋予他的活力，比如他对"雷人"和"粉丝"这样的新词汇朗朗上口，喜欢周星驰，举双手支持娱乐片等；他坚持自我，也时刻准备接受新事物……也正因为这样，他才在不随波逐流的同时又紧扣时代的脉搏，在每一个十年里，都演绎出我们的文化记忆。

张丰毅对生活的积极是自幼养成的习惯。生长在云南工矿区的他，从十三四岁开始，父母就要求他早晨先跑步再上学。跑了一年以后，又进了文工团，开始练功，先在京剧队，后来调到歌舞队。

在剧组，每次结束了一天的工作之后，许多演员习惯晚上聚在一起，喝点小酒，聊天放松。张丰毅却不抽烟，也不喝酒，并且每晚10点一定回房间，以便第二天早起锻炼。他不认为那些要靠酒量证明感情的朋友是"真朋友"。但是，如果完成了锻炼任务，也确实没什么重要的事时，他也会坐到演员们的餐桌旁，与大家聊聊。只不过，人家喝酒他喝水。

张丰毅从不张口劝人改变生活习惯，哪怕这些习惯在他眼中是不良的。他认为，每个人有自己的生活方式，你有权决定自己要走什么样的道路。说来奇怪，他不强求，但人们就是喜欢跟着他走。在别的剧组习惯了喝酒熬夜的人，与张丰毅一起拍戏时，会发现自己开始习惯早起锻炼。

人人都知道，张丰毅是有性格的人，他不会为了"卖面子"而做自己不愿意做的事情，所以大家都不敢得罪他，但也很少有人骂他，因为世事自有公论，张丰毅很少做错事。

至今，张丰毅仍与家乡的几个玩伴保持联系，并且视他们为最重要的意见来源。他演的戏，只要玩伴们说好，别人再说什么，他都不会往心里去，也不能使他改变自己的原则。他经常拒绝媒体的采访，不想因"上镜"而使自己走红。他认为演员就是自己的职业，进了这一行就要搞好本行，该拍电影拍电影，该拍电视剧拍电视剧，不能给人不务正业的感觉。

在剧组里，张丰毅坚持"独行侠"的作风。不，这并不是说他孤独，没有朋友，而是说，如果需要牺牲自己的习惯和原则去迁就他人才能获得朋友的话，他宁愿做"独行侠"。

在他看来，搞艺术的人，每个人都渴望伟大，但作为演员，拍的戏多，不见得就代表好戏多。能让观众在某一部片子里记住这个演员，他觉得那才是成功。

是的，只因为他有他的原则，他坚持他的原则，三十年的电影事业里，张丰毅这个幽默的男人，才会成为我们可以与父母一起欣赏的明星。

2009年3月22日于西安城南家中

爱，不能被忘记

漫步时光的许巍，
歌声未歇赤诚未变

　　他是一个地地道道的、有着柔情侠骨的北方男人，拿着他那把心爱的吉他，弹奏着属于他的生命的歌。他，就是漫步时光的许巍。

　　在日前刚刚公布的"第九届蒙牛酸酸乳音乐风云榜"的提名名单中，许巍凭借去年推出的新专辑《爱如少年》获得十项提名，是当之无愧的最大赢家。然而，许巍将于4月10日在北京举办的第三场个人演唱会，更是让我们拭目以待。

　　获奖的许巍，挥手的许巍，微笑的许巍，仍在唱歌的许巍，依旧是忧郁的眼神。有些东西，是商业操作不出来的，就像许巍的吉他。每个人的路都是不停向前的轨迹，每段路有每段路的风景。如果你听了现在的许巍，那音符里几度夕阳红的感觉，同样会让人感动，只是不再和以前那样痛了而已。当他在属于自己的舞台上演绎五彩的生命时，我只能说，那都是许巍的精彩。还有，我会说，许巍，幸福！

　　但是，许巍在音乐道路上，并非一帆风顺，他的坎坷令人唏嘘。1994年年底，当这位西安的音乐才子带着自己的作品来到北京寻求机会的时候，他的音乐才华就备受圈内人瞩目，之后便是签约，推出专辑并获奖，他的作品《两天》的歌词还被文学专家选进《中国当代诗歌文选》。在外人看来，

励/志/篇

许巍已然踏上一条飞黄腾达的成功之路，却不知道在这一路上许巍经历了什么样的迷茫、绝望、穷困和艰难。不堪压力重负的他，一度深陷抑郁症的痛苦之中。他的才华与命运不公际遇之间的反差，令众多关心他的人感喟不已。也正是因为如此，朋友、亲人的关心和鼓励，最终帮助许巍成功地重返乐坛。

喜欢许巍，是因为喜欢听他的音乐，听他低沉沙哑却温暖的声音。听他的歌，会莫名地被感动；甚至每次听他的歌，会泪流满面。不知道那是一种怎样的力量在催化着敏感的神经，那是一种怎样的精神世界不能折射的光芒，在照耀着、温暖着内心深处的寒冷和孤寂。灵魂的感动莫过于心在悸动，血液在流淌才会证明生命是鲜活的，才会一同哭泣一同悲凉一同冷眼看世界。

喜欢许巍的女生要比男生多得多，倒不完全是他拙朴素雅的着装打扮惹人疼爱，而是他的摇滚风格更能打动多愁善感的女人心。喜欢摇滚，尤其是北欧黑金属的酷哥型男一定难以理解，这么POP风格的歌，一个顶天立地的北京男人，怎么能绕弯了手指沉下了心，一点一点去抠出来。在雅虎娱乐聊天室里，我们找到了答案：许巍是一个与众不同的摇滚乐手，他的激情在空山中，在月谷中，他是今朝在世不如意，明朝散发弄扁舟的世外高人。

许巍的音乐里有种根深蒂固的沧桑和忧伤，每个音符，每个字节，都有沉重抑郁又无法诉说的纷纷扰扰。听他的歌，我想他会是很温柔的男人，有着温暖干净的眼神，有着低沉沙哑的嗓音；他可以是你的朋友、亲人、知己，或者情人，也或许是你的父亲，会给你宽阔的肩膀，一起相依偎着坐在茫茫的夜空下看云卷云舒、看流星划过，一起听涛声听鸥鸣、一起看日出日落。

许巍的音乐里更有一种流浪的情结，一个人信马由缰、仗剑走天涯无牵无挂吗？似乎不是。他的音乐总会给人一种失落的情绪，一种留恋，一种不舍，一种无奈和无望，是因为这个世界本身就是矛盾的，感情的

爱，不能被忘记

真情流露没有对错。

　　许巍低调，他的世界很安静，安静得没有浮华和浮躁，没有功名利禄的纷争，没有哗众取宠的作秀。人如其歌，干净、单纯、质朴，甚至原始，听他的歌会让人回到童年的空旷田野，清凉的风吹过，片片秋叶在风里飞舞，远处是村里升起的袅袅炊烟和晚霞染红的天空，不时有鸟儿飞过。

　　如今的许巍，最大的愿望就是创作更多大家喜欢的歌曲，给大家唱出更多好听的歌曲。

2009 年 3 月 19 日于北京首都师范大学

励/志/篇

病魔无法磨灭他的梦想

他是许多人的偶像,却因罹患家族遗传强直性脊柱炎,每天靠吃许多药来控制病情。

小时候,因少言寡语,他曾经被人取笑为"智障儿童"。父母早年离婚,他由妈妈抚养长大,四岁开始练习弹钢琴,一学就是十年。十年间,他每次都挺直背弹钢琴,根本看不出他有强直性脊柱炎的宿疾。

上中学的时候,一次打完篮球,感觉背部不适的他,经西医抽血化验,被告知得了强直性脊柱炎。医生告诉他,这种病无法根治,只能靠药物和物理治疗。

接下来,两次音乐考试,他都以失败告终。双重打击让他的脊椎时时隐隐作痛,晚上常常痛得无法入睡。他的人生跌落谷底。

后来,一次偶然的机会,十八岁的他被吴宗宪慧眼识珠签约旗下。

作为新人,谦卑的他只是打杂,帮同事买盒饭,他经常独自在办公室里饥肠辘辘地写歌,不顾自己强直性脊柱炎的宿疾,灵感一来甚至忘了睡觉。只要太劳累或运动过量,他的脊椎就会疼痛,这时他才意识到该休息一下了。

为了不让妈妈担心,为了自己的音乐梦想,他从来都是自己吃止痛药,

爱，不能被忘记

不会轻易让人看到自己发病时很糗的样子。同事和老板都不知道他有这样的病。直到他要去当兵，老板和同事才知道了他的病情，因为体检时，检查出了他的病史。当时他乐观地想，这样可以有更多时间写歌创作，更贴近自己的音乐梦想。

他不愿让人看到他患病时的样子，只有亲近的同事才看得到，而他只要太累或者压力太大就会病发。发病的时候，从公司门口走到总经理办公室，都得走一步停一步，短短几十步的距离要走五六分钟。

有时候，他在座位上一坐就是好几个小时，眼睛紧闭，脸上没有表情。他不是不想动，是脊柱炎又犯了，疼得动都不能动，连开口说话的力气也没有了，而他又不想让公司的同事担心，只好坐在座位上装睡觉。他坦言自己常常会心神不定，总是回避别人的眼神，那就是脊柱疼痛的缘故。他的病情时好时坏，很难控制。因忙着出专辑、创作，被邀约，他没有完整的时间接受调养。

关于他病情的传言越来越不靠谱，他坦承的强直性脊柱炎被讹变成"骨癌"，这让他哭笑不得。更有甚者，居然检举他是装病逃兵役，中国台北"地检署"接到检举后迅速立案。水落石出后，他幽默地回应："制造这个谣言的人可能是我打篮球时的手下败将，才怀恨在心吧。"只能说他人太红，明明不必当兵却被外界以放大镜监视，他感到很无奈。

因为药不离口，他笑说自己是个"药罐子"。长期服药，造成胃的负担，饮食稍有疏忽，就会患胃肠炎。一次，本有一场青岛歌迷见面会，他却因两天前饮食不当，被紧急送到医院抢救。后来，他还坚持要来见歌迷，被唱片公司好说歹说地劝住了，休养一个月后，他终于完成了那次承诺。在他眼里，对歌迷的承诺重于一切。

还有一次，是自己的演唱会，由于当天的天气很阴湿，他在表演前一天就发病，疼得无法走路。他当天服下十二颗止痛药才止住疼痛，这是很伤身体的。好多人都以为他第二天不能表演了，但第二天他忍痛出演了。他不想让那些为了来看他的歌迷失望。

他是一个全面而乐观的艺人，这不仅仅在于他的创作与他的表演，而是他面对家族遗传疾病强直性脊柱炎时，表现出来的豁达和超强的毅力。

他导演拍摄处女作电影《不能说的秘密》的时候，每天开工超过十七个小时。完美主义的他喜欢事必躬亲，晚上9点收工后，还要和助理导演讨论镜头，病痛会偶尔来捣乱，而在他的脸上，却看不出一丝的疼痛。

在许多电影中，为了表现真，为了追求完美，为了达到自己的梦想，他都坚持不用替身，甚至有导演说他是演员当中最不会喊痛的。不是他不知道痛，而是他为了诠释生命，诠释梦想。

"每个人对死亡都有恐惧，应该面对它，让生命过得更有意义，把自己的梦想能够完成的尽量完成，能够帮助到别人的就去帮，这样对死亡就不那么恐惧了！"他开心地说。他，就是周杰伦，一个追求梦想、永不言弃的硬汉。

文章刊登于《意林》（原创版）2009年11月

爱，不能被忘记

超女苏珊，有梦想就有希望

有梦想就有希望，一切皆有可能。如果说这句话是许多成功人士的至理名言，那么，四十七岁的英伦达人苏珊，用自己的行动验证了这句话。

不久前，英国四十七岁的大妈苏珊·波伊尔在电视选秀节目《英国达人》中，以一曲《我曾有梦》一唱成名，不仅轰动英国，还迅速走红全球，连时任美国总统奥巴马都向她发出请帖。

仅凭歌声，没有人会把她和一个水桶腰、满脸皱纹的大妈级人物联系在一起。尽管观众在《英国达人》中见惯千奇百怪的参赛者，但仍对苏珊·波伊尔的"没星相指数"之高叹为观止。然而，这位四十七岁的乡下大妈，却以一曲《我曾有梦》震撼全场，红透英国，真正诠释了何谓"人不可貌相"。

从她走上舞台的那一刻起，当她说自己最大的梦想就是成为伊莲·佩姬这样的职业歌手时，包括评委在内的所有人都不看好她，甚至嘲笑她。苏珊却不以为然，反而是"目中无人"地高歌了起来。就是这样一个其貌不扬的女人，用她美妙的歌喉，征服了全场的观众。所有人的眼睛都睁大了，嘴巴都张开了，完全是一副被惊呆了的模样。甚至许多在电视机前面看电视的人都不断打电话给电视台，说自己都被感动地哭了，其中包括好莱坞大明星黛米·摩尔。

从始至终，在苏珊看来，只有舞台才是属于自己的，才能体现自己的人生价值。她并不在乎别人对她的看法，她只知道，自己努力了就好，有梦想就有希望。

其实，苏珊的路途，并非一帆风顺。

十二岁那年，苏珊喜欢上了唱歌，而且一发不可收。为了上台，她不断地努力练歌，把握歌曲的节奏和韵律，但报名参加了几次选秀节目，却未能脱颖而出。曾经有一段时间，她对自己的爱好产生怀疑，差点放弃了这个爱好。

在母亲的鼓励下，她没有放弃自己的梦想，一有空时，就哼上几句，或者在做家务的时候，也哼唱着自己喜欢的那些经典歌曲。

参加这次选秀，苏珊原本的愿望很简单，只是想实现自己小时候登台演唱的梦想。很有意思的是，她还想通过节目找到属于自己的伴侣。由于没有工作，苏珊很少出门，加上父母去世后她感到很孤独，她唯一的活动便是到镇上的教堂祷告和做义工。

苏珊是一位睿智的女人，她这一次的成功，获益于她提供给媒体的不断炒作的元素。在她参加这次选秀之前，她就在选秀场爆料，说她一辈子未和男子约会，从未有男子吻过她，她参加节目只是想找一个伴侣。尽管苏珊后来在一个采访中承认"从未被吻过"的说法只是她和评委开的玩笑，但这样的诉说很容易引起公众额外的同情和兴趣，同时又为媒体的报道提供了素材。像她这种能够不断给媒体提供炒作元素的个体特别性，也为她选秀一炮走红提供了可能。

还有，苏珊将自己在《英国达人》演唱的视频，放上了YouTube网站，这样一来，全世界的网民都可以反复观看和分享。她懂得，没有网络这一新的载体，仅靠传统的电视转播，她不可能一下子红遍全球。苏珊有着自己的梦想，也有着极强的表现欲，她甚至在网上放上她二十二岁时苗条的照片，以及在家乡一个俱乐部演唱的录像。她把自己新的资料不断上传，

爱，不能被忘记

特别是新老视频放在一起，可以比较她年轻时和现在的样子，既丰富了她这个传奇故事的内容，满足了媒体和公众的好奇心，还让她避免了"十五分钟名人"效应。

苏珊这样一个小人物，现在的爆红，除了评审兼制作人赛门要给她一纸唱片合约之外，美国和澳大利亚的电视台还频频跟她联络邀她上节目，简直叫她不敢置信。是的，依她这样的年龄，喜悦是来得有点突然，但是，她所付出的，还有她对梦想坚持不懈、不断追求的精神，已经为成功积聚了能量，所以说她的成功，绝非偶然。

不过，梦想成真的苏珊没让名利冲昏头脑，她理智地说自己受宠若惊，她也知道这样的绚烂，终会归于平静，她现在最大的愿望是再次积聚能量，奔赴下一个梦想，找到自己心中的爱。

2009年8月8日于西安城南阳阳国际

励/志/篇

每一次的选择，他都义无反顾

一部《梅兰芳》，让他一鸣惊人，成了一颗耀眼的新星。

在这部大腕云集的电影里，他连在海报上露脸的机会都没有。然而，当大幕开启、剧情展开时，他饰演的青年梅兰芳以俊美的扮相、扎实老练的戏剧功底、灵动淳朴的表演，一时间倾倒了许多观众，成为这部戏的一大亮点。

他有着一张俊朗的脸和一颗不羁的心，从汉剧到越剧，不同剧种的两次跨越，对于他来说，都有着不小的挑战，但每一次，他都很执着，一步一个脚印向前走。

学汉剧十年，声名鹊起时却又从零开始学唱越剧，随后从一个文武小生到电影《梅兰芳》中的花旦，每一次选择，他都义无反顾。因为，他不想要一览无余的人生。

九岁那年，爷爷奶奶带他第一次去看戏，他幼小的心就被那个舞台深深吸引了，他觉得戏曲特别美，特别有意思。

在没有报考武汉艺术学校之前，谁也不知道粉墨人生的种子已在他的身体里扎根。十二岁那年，汉剧院来学校招生，本应上初中的他，背着父母向同学借钱报名去考试，直到拿到录取通知书他才向父母吐露实情，这

爱，不能被忘记

个从小听话的乖孩子头一次让大人认识到他其实是个"认定了就要去做"的倔小子。

作为父母，他们可不想让儿子走这条"难走"的路，但是执拗的他，和父母冷战了起来，最终父母遵从了他的意愿，十三岁的他做出了人生第一个重大决定。

在武汉市艺校汉剧专业学习的六年里，他获奖无数，也为自己的戏曲生涯打下了坚实的基础。2004年因主演《玉簪记》，他被汉剧艺术大师陈伯华收为关门弟子。他迅速成长为汉剧院的台柱和当家小生，一个年轻演员应该得的他全得到了。

就在他的事业风生水起的时候，他做出了一个惊人的决定，要以二十三岁的"高龄"改学越剧。很多人不明白他为什么会做出这样的选择，面对朋友的质问，他没说什么，只是淡淡地笑了笑。酷爱戏曲的他，更多的时候是想突破自己，寻求更大的发展空间。原地踏步，对于他来说，简直是一种折磨。

比这次改变更困难的是说服家人，终于过了这一关，他才以"人才引进"的方式进入浙江省越剧团。开始学越剧，一切从零开始，重新跑龙套，他毫无怨言，默默地坚持着。一年多之后，他举办了越剧千人专场，又一次风生水起。

冥冥之中，他等来了拍《梅兰芳》的机会。在拍电影之前，他以为自己会很紧张，但当站在镜头前时，他马上知道了自己可以驾驭的东西是什么，于是他把自己多年在戏曲中得到的经验与功底都倾注在青年梅兰芳身上。

他是一个很理智的人，他知道自己要什么，只要自己认定了就去做。虽然只有二十多岁，但生命的大半时间都是粉墨人生。他觉得自从学戏曲那天起，似乎就是为梅兰芳而准备的。

他的幸运令人艳羡，有人演了一辈子的戏，也遇不到这样的好角色，更不要说一夜成名了。但是，这一机遇的到来，看似偶然，实则必然。他不是安于现状的人，他在成长的历程中，总能比别人看远一步，知道自己想要的是什么，从而主动求变。

有可能，很多人说他是学戏的，所以饰演梅兰芳是件很容易的事，其实未必。他是一个心里有目标的人，也是一个对自己要求很高的人，在他的身上，总有一种危机感，总不满足于现状，他需要开拓自己。所以，每一次的选择，可以说都是他人生的一次很重要的抉择，因为他看清楚了自己，也明白自己要做什么。而且，每次的"跳槽"，其中的艰辛是可想而知的，并非一帆风顺。

因出演《梅兰芳》，2008年12月初，他以千万的身价签约了海润影视，成为刘烨、蒋雯丽、孙俪等人的同门师弟。签约会上，他演唱了首支个人单曲《戏梦人生》，这预示着他即将发展为全能艺人。

人生如梦，戏如人生。他通过自己的努力，笑对坎坷，终于修成了正果。戏曲、影视、演唱，经过十多年的磨砺，他的演艺之路正式开始。

他，就是余少群，一个主动选择命运而义无反顾的人。

2009年10月29日于西安城南家中

后记

文学梦，也是创业梦

人一辈子，会面临很多机会。当机会来临时，自己能否抓住，这是一个"技术"活。这个"技术"，说简单够简单，说不易真不易。能抓住机会的人，是在沉淀很久且厚积薄发的基础上等待时机，所以当机会来临时，对他们来说很简单，否则反之。当然，机会总也青睐有思想准备的人，因为这些人有梦想，也能记住自己的梦想，这个至关重要。

当下生活的快节奏里，每一位热爱写作的"码字匠"，抑或每一位作家，对于社会和市场来说，都是一个"生产者"，也是一个"创业者"。而作为一个"创业者"来说，首先要给自己一个梦想。

小时候的我，梦想着自己长大后成为一名作家，但前行的路上，才发现这并不是一件容易的事情。耐得住寂寞，守得住清贫，仅这两个方面，就够考验我的意志力了。有时，我甚至怀疑起了自己，作家这么一个高大上的标签，离我是多么遥远，我能否坚持下来？写作到底是写给自己的，还是写给读者的？这些问题，在我上初中时还比较模糊，但我隐隐约约感觉到，这是将来自己想要做的事。

写好一篇文章，是一件非常艰难的事情。一篇好的文章，不仅是一个写作者"小我"思想的体现，更重要的是应该有它的社会性。一篇好的文章，能感化指引一个人，也能帮助教育一批人，甚至影响一群人。一路走来，遇到了各种人，经历了很多事，也遭遇了不少的打击，但每一次，我都努力说服自己，只要心中有梦，就要踔厉奋发，笃行不怠，不轻言放弃。

有了梦想以后，我觉得最重要的是努力去实现。当然，要想在万千事中做成一件事，更不容易。你不去努力，没有人会替你付出；你不去创造条件，如果条件成熟的话也轮不到你；你不去行动，不给自己实现梦想的动力，你永远没有机会。2022年，在三年新冠疫情的冲击下，我克服种种困难，积极配合出版社，使我人生中的第一本作品集《心有种花地》终于正式出版上市。这给了我很大的鼓励和鞭策。所以，我觉得时机成熟的时候，一定要抓住机会，有激情地完成自己的梦想，而且要趁早。我相信我会将这种激情延续下去，将"作家梦"坚持下去，笔耕不辍，勤奋作文。我想，傻坚持要比不坚持现实得多。

好运气是一个人成功路上的"加油站"，而这些运气怎么随你而来，我想一定是因你的人品和你给别人的帮助而来，抑或别人从你身上看到了希望而支持你。作为一个写作的"创业者"，我在记住梦想、承诺和坚持之外，更记住了自己人生路上的那些贵人们。有了他们的助力，自己才能完成人生的梦想。《爱，不能被忘记》一书能如期付梓出版，得到了榆林孙俊良、马保珍、余亚云，西安崔茂生、焦问之，咸阳淳化赵秦岭等领导、老师和朋友的支持，在此一并表示真诚的感谢！

爱，是个动词。如果没有爱，这个世界将是一片坟墓。我们这个社会需要爱，我们每个人，亦是如此。希望《爱，不能被忘记》这本书，在爱的加持下，以爱的名义，能滋养每位读者，能唤醒社会良知，更能唤起人们爱的初心。

2023年新春于西安城南墨宝斋